杨金辉 著

兰生有芳

敦煌文艺出版社

图书在版编目（CIP）数据

兰生有芬 / 杨金辉著. -- 兰州：敦煌文艺出版社，2022.9
 ISBN 978-7-5468-2244-0

Ⅰ. ①兰… Ⅱ. ①杨… Ⅲ. ①散文集–中国–当代 Ⅳ. ①I267

中国版本图书馆CIP数据核字（2022）第181660号

兰生有芬
杨金辉 著
责任编辑：余 琰
装帧设计：陈 珂

敦煌文艺出版社出版、发行
地址：（730030）兰州市城关区曹家巷1号新闻出版大厦
邮箱：dunhuangwenyi1958@163.com
0931-8152315（编辑部）
0931-8773112 0931-8120135（发行部）

甘肃海通印务有限责任公司印刷
开本 880毫米×1230毫米 1/32 印张 7.5 插页 2 字数 170 千
2023年3月第1版 2023年3月第1次印刷

ISBN 978-7-5468-2244-0
定价：49.80元

如发现印装质量问题，影响阅读，请与出版社联系调换。
本书所有内容经作者同意授权，并许可使用。
未经同意，不得以任何形式复制转载。

仿佛听到笔墨发芽和文字拔节的声音

李学辉

一

"春烟落纸黑蛟瘦,不可一日无此君"。这是宋人方岳诗中的句子。黑蛟者,墨的别称也。对杨金辉来说,每天习练书法和采句成章,首先听到笔墨发芽和文字拔节声音的应该是她那只叫"花椒"的猫。"黑蛟落纸草书颠",渊源有自文成章,习书者自有情调,成章者别出情趣,本来就是从艺者不可或缺的心裁。非如此,则着墨必涩,行文必呆。

静而不呆,正而不板,畅而不飘,是杨金辉书法和随笔创作的特征所在。

二

"发合适的芽,长在正确的土中"。女诗人离离的这句诗,饶有意味。任何创作,都免不了把自己的脚伸进别人的鞋中,合适与否,全凭把控的能力。杨金辉上大学时学的是历史专业,毕业后从事群文工作20余年。学书宗法《张迁碑》《礼器》《圣教序》,所谓"钟韵王味",倒也如秋雪轻落,在清风漫漶中生发出芝兰之气。白纸墨字,笔墨磨人,人亦磨墨,学养在一点一点累积,感悟在一点一点提升,笔墨搁置,键盘吧嗒,书法与文字,互促互进,云汉秋,万里星,确也为自己开启了另一条路径。

习字让人心静,写作使人气顺。历来从艺者,"同德者易,同心者难。"易与难,关键要看修持的功夫。丛林法则,从不为一人单设。福地天祝,为杨金辉的追求提供了适宜的土壤和环境。

三

"世间的物,都想以美好的方式出现"。这是杨金辉对"物"的美好期许。景物与心物能否对应,是对创作者的挑战。天祝的风物,以其丰富性、独特性,总能使杨金辉欲肺肠倾。她不是"观光者",在真实的行走中,"砚边"的春烟总在袅娜,眼前的云水总在缥缈,日子一寸一寸地慢,文字一尺一尺地长,50余篇随笔,轻歌曼舞出生活态势,"精神内耗"在减少,正大气度在增强,旧物上的光阴,在砚边和笔端都芳菲起来。

把日子过成"行书",总是一件不容易的事。行云流水的日子,总是一种奢望。大多人把日子过成了"草书",杨金辉"以慢消日",让"日子"在笔下生韵,"若具人间烟火味,便是文章大成时","月亮的鞋子里铺着鹅毛",生活便诗意自现。

诗意的生活才是真正的远方。

四

人有很强的惯性,写作亦然。

"砚边芳菲语",是杨金辉的书画随笔,大多发表在《书法报》,常常有书法家们提及。练、思结合,是习练书法的不二法门。碑帖在心不在物,俯仰之间,撒规捺矩,横招竖式,一切都有"法度"。杨金辉在一蔓青藤之下,寻找着机缘。虽是女子,却在金石的"雄强"中训练笔意,试图"把自己沐在三月清风里,活成一篇《兰亭序》",这得该有多大的勇气和心力才能直面。

所谓呕心沥血,必须望峰走驿。

藜麦、南泥湾、蝴蝶滩、华藏城、藏酒,虽披云激电,但都"合乎分寸"。

家乡的物象与景致,都"风物长宜",雨很繁忙,草成为大地的辫子,一切像美好一样美好。"鸟的翅膀都带着波浪",这都成了一种生活方式,在抒发着当代价值。生态序位中,"草木被大地抬高"。

"话是酒赶出来的",文字是心赶出来的。种心牧文,自会锦绣一片。

活出自己,终究需要一份爱好来装饰。一方水土养一方风物,美食充当的角色,并非仅仅是"颜值"担当。天祝美食,因有民族特色,更显其独特性。收在"天祝美食记"中的9篇文章,是命题作文。2019年,为彰显本土美食的魅力,在市商务局的支持下,武威三县一区的作家们分担了将美食故事化的创作任务,杨金辉领受了9种特色美食的文学创作。天祝美食在她笔下,被赋予了生命,活色生香。岁月沉淀美食,时间集聚味道。一方作家会激活一方美食。

"兰子光阴帖"里,杨金辉又回到了人间烟火。身边的物事在她笔下总是一往情深。

这是一种专注,更是一种有情介入。不动声色地美出一方诗意,作者总是把情怀展现。茶能轮回,岁月无法轮回。珍惜并叙写,乡村物事激活了记忆,也让文字洇蕴出别样的味道。

这是性情的显露。杨金辉,用书法的线条之美勾勒出一幅幅生活的美丽图景。

哪怕是寻常而又寻常的山药(洋芋),也在她笔下诗意拂拂。

五

兰生有芬,这是兰的洁质。

人之有文,是对过往和眼前所思所想的记录。吃饱喝足了,日子就有了些许的麻烦。这是精神层面的事。一直督促杨金辉把其作品能结集,是为了让她的步履稍快一些。沉淀缓慢,对写作而言,是一种正道。道亦有道,太慢了,有时就成为惰性。把字写了又写,把帖临了又临,把文煮了又煮,慢火炖肉,笔蘸生活,一饱满,便是好字好文。

对工作上心,对书法贴心,对文学忠心,杨金辉三心兼备。"我已经寂寞过了"(人邻先生语),这是创作者历经波折之后是一种况味。谁醒着,艺术便是谁的。

说来简单,做起来不容易。杨金辉一直在做。芝兰其室,芝兰其书,芝兰其文,袖口一挥,便能裁云见彩。花香处,总有人会驻足品尝。生活底色与当代形态重叠,这是创作者的刚需。

风中还乡,北风撂下了雪,撂不下的,是杨金辉的那种一如既往的追求。

时在壬寅秋日

目 录

砚边芳菲语

清风漫漶三月三	/003
贴上春联过大年	/007
女子是好	/012
一蔓青藤	/016
以慢消日	/020
河西的木简	/024
砚边芳菲	/029
芬芳手札	/034
碑帖之间	/040
金石骨	/044
草木心	/048
行　书	/053
俯仰之间	/057
柔和淡然花散地	/062
读画记	/066

风物长宜册

藜麦锦绣八月天	/073
美好南泥湾	/077
蝴蝶滩上蝴蝶飞	/082
秋雪轻落华藏城	/087
天祝藏香酒	/093
福地天堂在人间	/098
长城,长城	/103
松山古城	/108
草木青黄松山秋	/112
天堂小镇	/116
天堂雨细杏花香	/120
香柴花开如紫幔	/124
七月在野	/129
良马天来	/133

天祝美食记

烤藏包	/141
羊肚菌藜麦羹	/143
藏乡果味白牦牛肉	/145
藏乡长肋条	/147
酥油糌粑点心	/150
萱麻口袋	/152

藜麦小面包	/154
白牦牛棒子骨	/156
藏乡烤羊脚巴	/159

兰子光阴帖

祥红的年	/163
嗨,过年好!	/166
花儿与少年	/171
旧物上的光阴	/176
令箭花开	/180
我家的老屋子	/185
听秋声	/190
茶　语	/194
再回村庄	/198
山药花儿开	/202
入村记	/207
断舍离	/212
亲爱的,请允许我这样活着	/218
柳树依依	/222

砚边芳菲语

清风漫漶三月三

岁在壬寅，时值暮春。

又是一年三月三。春天里，清风和畅，萧散漫漶。

照旧早起把临古帖。敬重地一笔，接了一笔，认真起运交代。墨与水无声交融，笔与纸恣意缠绵。所有躁气渐敛，满怀静意，如春天的地气氤氲，辽远，散淡。

春天，万物生。真是美好啊。

案头搁置的《兰亭序》本子，为影印的唐人摹本，已经很老、很旧了。里面的文字与书法，早已经被时光盘出了美好的包浆。顺手拈来，先静心拜读，后凝神敬临。

魏晋的风骨，借了暮春的惠风，让淋漓的笔墨，在玉版样的宣纸上，渐渐变得柔软松散，如玉树临风般摇摇曳曳。

如此时刻，仿佛时光静止。

恍惚间，若置身兰渚山下，在春风漫漶里，看崇山峻岭、茂林修竹，听清流激湍、丝竹管弦。空气里似乎荡漾起春水微澜，若有草木新萌的气味弥散，让心绪如手里的笔墨一样变成草木柔黄，安和，温软。

记得多年以前，在县城文化馆的藏书室，初见《唐人摹兰亭主集序墨迹三种》。启开淡绿的封皮，即刻被里面的墨迹点线深深击中。也记得多年后，在兰州，闲逛城隍庙，遇见《兰亭序》原大印本时的咚咚心跳。那种感觉，犹如千年前的时光气息在身体里不安分地流窜，热血贲张。那是心被美好的俘虏，

是心甘情愿的臣服。

　　静面兰亭，操管，濡翰；笔运，墨行。手里的笔，仿佛被谁早早地下了隐秘的蛊。笔与纸无语厮磨，黑与白彼此消长，墨和水渐次相生。时空在无声地消隐又放大，俯仰之间，枚枚墨花清丽地绽放，如雪地上盛开的梅。

　　魏晋的萧散漫漶，正随了三月的和风，应天接地，光芒四散开来，无处不在。

　　仅仅二十八行，三百二十四字，一页纸啊！

　　那率意地自由挥运，拉长了美的经纬，树成了永远的标杆。这一撇，一捺，如神来之笔。那一牵，一引，若天地和合。顾盼生姿，相扶相携间，成就了"天下第一行书"，闪耀成书法史上最灿烂的光芒。自此，兰亭集序造就的美，纵横捭阖，千年驰骋。它所撑起的高度和广度，至今，无人企及。

　　不得不承认，艺术天成。

　　《兰亭序》美在随意。也许，正是那没有刻意的营造，才没有造成人为的疏离和违和。天人合一，道法自然，处处是妙笔，妙到不可言说。貌似没有规矩，实则法理岩岩。魏晋的清风率直，魏晋的疏雨任诞。一个向美而生的时代，让天地山水之间都弥漫着名士的风流。

　　《兰亭序》好在雅正的飘逸，好在罕见的激情。那么厚重的情绪，凝练在字里行间，瞬间若清流激湍，倾泻奔涌，终是幻化为墨香，流淌清芬。也恰好，正是这雅正成就了千古流芳，万古不朽。

　　如果说，王羲之遇见兰亭，是注定的机缘巧合。那么，《兰亭序》遇见李世民，是凑巧的命里注定。

　　上有行，下必效。

也许，王者的心地气质更接近天远地阔。赫赫帝王之爱，让《兰亭序》光芒四发，耀眼无比。虞世南、褚遂良、欧阳询、冯承素……仿者云集。千人，万人。千万个摹者，成就千万个兰亭。

兰亭神来。只可遇，不可求。其实，所有的美好不可重复，亦不能复制。

那是崇山峻岭间的茂林修竹，那是清流激湍里的流觞曲水，那是天朗气清中的丝竹管弦，那是惠风和畅间的一觞一咏。是永恒，更是瞬间。

据说天下最好的版本刻在圆明园的"兰亭八柱"里。据说虞世南的临本排在第一，在笔法和意趣上更符合原作。褚遂良排第二，在意境和书写性上直接魏晋风度……

珠生于蚌，蚌在于海。所有的摹本，各臻其妙。自己深深记住的，是褚遂良的萧散清远、虞世南的遒丽宁静、冯承素的严谨激越，还有对他们的感激与敬重。他们的伟大，在于完美地用美好传承传递了美好。

爱上书法，也许缘起初见《兰亭》的惊羡。初见是惊心，再见还是惊心。或许还有那一日接了一日累积起来的敬慕。初见是敬，再见亦还是。

永和九年的春天，在山明水媚的三月初三，四十二位名士雅集绍兴兰渚山下，借修禊兰亭之事，临流赋诗，抄录成集。右军欣欣然挥毫，为之作序。似得天地人和的助力，激情跌宕间，文洒点画，墨凝辞章，焕为"天下第一行书"，前无古人，后无来者。

兰亭集序，文作肉体，字幻灵魂！即便自己手头的摹本是影印的，仍能感受到氤氲笔墨，似乎可看得见茂林修竹的清朗

俊美，能听得到崇山峻岭间的流觞清音。

三百余字，字字殊异，圆转若珠玑，劲挺如令箭。似乎是千里阵云、万岁枯藤，又仿佛高山坠石、陆断犀角。时而崩浪奔雷、百钧怒发，时而婉然若树，时而穆若清风。横、竖、撇、捺间，使锋之美妙，如玉壶冰，若瑶台月，只可意会，不可言说。

细细赏读，或列霞排云，或散花霰雪，都美的教人屏息凝神。文华与墨彩，珠联璧合，相依生辉；快乐与苦痛，情交意融，行云流水。清流婉约处，曼妙与随意天成。

千载之间，美好如是，性灵如是。黑字白纸，如豆蔻年华里草木在舞蹈，如锦瑟无端间汉字在歌唱。

绝顶的美好，就是如此不朽的吧。她是天上仙间间的高蹈，也是人间俗世里的烟火。爱了，就是依守一生。

世间芜杂，兰亭美好。她绰约千年，一直以最美好的分寸雕镂人心、涤濯性灵。她的美好，是让我们遇见了美好。在喧躁的纷扰里，在光阴的隙缝间寻找到安放灵魂的支点。

俯仰之间，已经走过半世河山。年岁越长，对兰亭序的惜爱越深。越老越愿意，把自己沐在三月清风里，活成一篇《兰亭序》。

贴上春联过大年

都说过了腊八就是年。其实过了腊月二十三，年的味道便渐渐变厚。而贴上春联，才正式启开了年的序言。

年三十起，一副副春联，便如报春的花，早早地将一抹一抹红火的喜庆，热烈而浓郁地传递开来。

一门接着一门，温暖而热烈的红，铺天盖地地接续喜庆。年节的味道，厚实得像一窖坯藏经年的老酒。一揭开，光阴和暖的浓香便扑面而来。

随着年岁的积攒，越来越喜欢一些质地浓厚的东西——比如这热烈而喜庆的中国红，浓稠而温暖的年节情感。一些温暖明亮的东西，会让人心境阔大。自"新年纳余庆，嘉节号长春"始，春联里蓄纳了几千年的温暖祥瑞，成了生活内核里最真实的诗和远方。

喜欢过年。缘于喜欢这春联里散溢的那份扯天漫地、人间福满的红火热闹，让人温暖愉悦。

进了腊月的门，街上便是红男绿女的喧天闹地，随处散溢着花红柳绿的喜乐。每个人心间蛰藏着轰轰烈烈、地久天长的幸福期待，都如乘了"年"的风信，将俗世烟火的热闹，归纳成生活真实的写照。

因为从事文事，一进腊月便写春联。写春联送福字到百姓家是身负的职责，更是内心无比的快乐。天天写，一有空就写。以十二分的认真写：一横一竖，一撇一捺，半个点都不去轻落。

一副,又一副,分明认真成一个执着的孩子。

一元复始,双喜临门,三阳开泰,四季安康,五谷丰登……这天时、地利、人和的祝福语,得认真地呈上,一样也不能少。把美好的祝福,挂在千家万户的门户上,自是福乐无边的事。

喜欢那迎春接福的郑重,更喜欢那积攒千年的祝福,一年接续一年,生生不息地传承。吉祥红,祝福语,凝在里面的全部是活着的喜乐。

春节前,有朋友寄来手写的春联,启封的瞬间就欢喜无比:多么祥瑞的中国红!然后十分郑重地摆拍后,很有仪式感在朋友圈里晒出,与所有有情有义的人分享那祥红里呈现的喜气与温暖。

时光真是不经用,一恍,一惚的转眼工夫,已经用半百的光阴走过了半世的山河岁月。这一个又一个的好日子来之不易,要好好地过啊。喜乐就在眼前,要轻轻地呵护,重重地持守。

除夕日,一家人总是早早地起来,仔细地贴窗花、年画、春联。杨柳青的、桃花坞的风味年画,红红绿绿的,如春天早至,盛开满屋子喜气,任福乐随意漫溢。

先生郑重地贴上禾儿手绘的门神,一左,一右,文武双全,很威严地把守了家门。自己写的春联,一年一个愿景,也开始端端正正地看家护院。吉祥门中容百福,富贵堂前纳千祥。自然,春联里所含的尽是心间最美的意愿:平安、健康、快乐!朴拙的张迁的笔意,写就日子的厚实。

书友群里晒满了各家春联,家家的门上端挂的都是各自新年新生活期愿。习惯极认真地点开品相俱佳的春联,赏文辞、品书艺、享吉祥,揣摩墨华后面生活的味道。隔着屏,传递的全是幸福的感受。远方的、近地的,一年半载里见与不见的亲朋好友,见字如晤,似乎从未走远过。贴了春联,便是蓄满了元气,接续新日子。

每一个年,都习惯沿着整洁的街道随意地走。团结路、祝贡路、延禧路……一家一家,挨门挨户地看临街门面上的春联。只有春联里才盛开的红花墨叶,祥瑞地在阳光里喜暖地美着。颜柳欧褚筋骨的,苏黄米赵风韵的,演绎的都是新春里最美好的祝福。

商户家多用印刷好的成品春联,都是电脑集字,有模有样的统一标准,少了一些人情的温度。也少不了粗浓黑重的"招财进宝"字样,显出财大气粗的豪横来。自己偏好那些带着端雅气质、有文质彬彬君子品相的联,喜欢那些带着个人情性的手写体,一招一式间有留着书者的气质,传递着各自的情感和温度。

以书圣王羲之字入门的,写出的对联,如墨花绽放在门楣间。联间是行云流水样的不紧不慢,笔墨之间氤氲的尽是安和自足的欢喜。横竖挥运间,浸足了中国文化的太极,松紧相适,方圆自若。笔重处,壮丽浩瀚;墨淡处,安恬清和。有放,放得有度有法;亦收,收得从容镇定。借阳光和煦的年节,将宣纸上积攒的情感,落在祥瑞的中国红上,奢侈地铺排着幸福的情感。

很多人喜欢楷书的春联。私下里觉得,以褚遂良、欧阳询、柳公权风格入联,风貌过于整饬,似乎离民间烟火的日子远了些。比如虞世南的中规中矩,貌似柳公权的妥帖顺溜,类若欧阳询的一丝不苟,或许太有端正的仪式感了,加上有些书写者噤若寒蝉的亦步亦趋,反倒严谨得让人呼吸变紧。甚至觉得以褚字类写出的春联,笔力功夫不及者,往往写出一些薄瘦之嫌来,似有了女子的文弱气,似乎压不了那么耀眼的中国红,坐镇不住庄户人家的高门大院。

心里颇喜欢带了凛凛气质的"颜"味春联:红纸黑字,宝相庄严。金色阳光辉耀下,一副副用颜鲁公字风挥就的春联,大气磅礴。每个字清奇凛凛,铁骨铮铮,有长城气质的豪迈,有大将气派的笃定。犹如项羽挂甲,臂掖春风,正气吞万里如虎。铜锤铁鼓间,仿佛听得见山河浩荡的震响强音。想想都是,一个个"颜"字,如将军列阵地把守门院,是何等强大的气场。凛凛然不容侵犯,恰是符合了贴春联驱秽避邪的初衷。看着,看着,会让人忽生幻念:似乎曾经金戈铁马、霹雳惊弦里闪耀的颜家风骨,正幻化成一种力量,从火红的春联里磅礴的而出,接力新时代。

因为习隶,自然偏好隶书写就的春联。《礼器碑》的精劲,《乙瑛碑》的沉厚、《曹全碑》的灵秀……一碑一风格,一字一架构。走进春联里,入眼的是一脉天真。自己是偏喜欢用《张迁碑》的风味演绎春联的,隐去了波磔的委婉,在朴茂的方正里,沉潜厚实的大气场。贴了用隶书写就的春联,一下觉得支撑大了家门格局,似乎有壮志在心底里铿铿锵锵,觉得日子真是越过越红火了。

贴了春联便过年。

然后仔细地沐手焚香,很隆重地在梅红的宣纸上写上几个大大的"福"字,并附上祝福:春节吉祥!很郑重地拍照存图,发送给好友。走过的路上,有恩人二三,师友四五,亲人几十,要把最美的祝福呈上。

然后再隆重地着上红红的衣衫,喜气洋洋地穿行在市井烟火里，挨门逐户地赏着春联，默念着春联的吉祥语，开心地享受过年的喜悦。

日子的底色，从来不都是荒凉。

每一个年，都是以火红的春联为喜乐作序。一起来，贴上春联，我们快乐过年！

女子是好

史上，旧时女子的书法，如小家碧玉，怯生生地，在皇皇的书法史上零零碎碎地散见着。

在书法搭建的经纬里，男人书法，如正史，堂皇地踞在正大光明的显赫处。而女子书法，如野稗，小心地生长在边边落落的缝隙里。相比男性书法的光辉耀眼，女子书法犹如老屋旧瓦间长出的瘦草，偏于单薄、稀疏、羸弱。

然而，女子却以其天赋的细腻、柔软、坚韧，缔结了母性的纯洁、清芬和宽博，为书法世界柔和地添写了温婉、安静和清和。

美是春天的草，总会破土而生。女子书法，犹如春草，适时地泛出了鲜活的新绿。更如那枝不甘的青杏，硬是悄悄地探出墙来，又美美地红了。而正是这旁逸而出的光彩，翩若惊鸿，婉若游龙，让人目眩神凝，屏气息声。

女子书法，写满了一纸的天真，长成了无边的草木精神。安稳美好的女子们，以最自然的性情，平静安然地书写。有意无意间，在中国书法史上，辟开了一畦芳韭，新鲜，清香。断简、残纸、寸帛、净宣，一页，就是一个管，透过去，能看见书法去了玄机的本真：点横活色，撇捺生香。

女子书法，就是那另样的女红。

春夏秋冬，美丽的女子们，纤手操管，虚心染翰，在无声无色的岁月里蓄积芬芳，悄悄地弥散。安和地书写，无意地经营，在笔与纸、文与字的厮磨与纠缠间，努力地让冗长的日子开出美艳清丽的花，缔造了美丽和润的世界。

这种无意，更像是一种修为。潜心地在心底里暗育着一棵树，细致地呵护，为其避风遮雨，让其发育成形、打苞结蕾，渐露美好。于是翰墨如水，漫溢而来。白纸黑字，如珠似玑，依次踏歌而行。女子书法，便若吉光片羽，开成了史书锦瑟上无端的美。

品女子书法，得从魏晋的烂漫里细细走来。那里，每一个汉字都如花草摇曳，优雅地轻歌曼舞。

卫铄，历史上第一个女书家。不是凭着自己的书法走入汗青，而是隐在书法高峰王羲之的光芒后面，熠熠生辉。

在《笔阵图》里，她将自然间的阵云、枯藤、犀角、奔雷、坠石化作笔下的横、竖、撇、捺、点。五百多个字，变成满目锦绣。以女子的小细腻，借造化的大境界，成就了古代书论的精粹，在千百年间流光溢彩。

《名姬帖》《卫氏和南帖》，如书法史上安放的两枚珍珠，代代耀眼。她的簪花小楷，法取钟繇的意味，又熔钟法于己炉，写出了娴雅婉丽的气质。《书评》里评其字"如簪花少女，低昂美容；似仙娥弄影，红莲映水"。《书断》里也以"碎玉壶之冰，烂瑶台之月，宛然芳树，穆若清风"喻其书风。

浩瀚史书，难觅这个女子的更多言说。亦无需多说，只要知道她是书圣王羲之的老师便已足够了。魏晋风流，卫铄就是那源头上汩汩而来的活水。

多羡慕这个女子啊，在自己心里，她就是历史深处盛开的一朵殊异的花：清立凡尘，天下第一。她就是一缕不散的魂，坚毅执着地行走在史页上，永远地舞着书法的芭蕾。

好女子难求。罕见的，更是那海棠模样与兰心蕙质。

谢道韫，在离乱交织的年代，却因一句"未若柳絮因风起"的咏雪佳句而靓成一片风景，又以女子的冰清玉洁，营造了一方现世的安稳。她原本谢家才女，自是人如秋水玉为神；却又幸成书法世家的儿媳，更是品若梅花香在骨。据说，当时，人们以求得她摇笔题签的娴雅字幅为最快乐的事。

女子是好。好女子莫过如此：弃了浓脂重粉的俗，着了笔墨简约的雅。那种端丽，美得叫人凝神噤言。可惜的是世事沧桑，纸寿千年的传说，却在这里变成无声的沉默。这个能称人中凤的女子，今天却无法觅得她半点笔墨遗存。未留云间一纸书，真是件遗憾的事。

也仔细地在史书缝隙里寻找过。《三字经》里写"蔡文姬，能辨琴。谢道韫，能咏吟"。《世说新语》里记着"神情散朗，有林下风气"。也算是慰藉吧，总算还有些。虽三言两语，却能让人记住，曾有这样一位女子，以女性的细微、温暖和柔软，操一管翰，洁净地舞动在历史的天空下。

美到荼蘼的薛涛，就像开在书法史上一枝艳丽的桃花。人间西湖，玉箫红粉，陌上的花儿疯狂地开。青灯黄卷下，白墙黑瓦间，她的才华与美貌名噪历史、寰绝风尘。

心里有些疼。那时，仅凭一个女人所有的力量，也许只能站在那个高度：乐籍、女冠。尘世里的烟火，最终熏染了最初纸样的洁白。一些事，不忍说，不说也罢。负了扫眉才子的盛名之重，终是隐退于城郊浣花溪，沉没在时事的纷乱和人情的冷暖里。

深红笺上，着八行小诗。文与字，蛇样地纠缠。枇杷花里深闭门，里面盛放了太多的耽溺和无望。行走在刀尖上的爱，依旧闪着隐隐约约的青光,锋锐的利不曾休止。

爱是颓废倒下的毒,也是勇敢站起的力。终究,化作了书法上别样的美。浣花笺,柔如锦样的素纸,美若珠玉的小楷,就那么婉然地面世。所有的字,笔清力峻,闪着钻石的荣光、尖锐与隐忍。实在是美啊,于是红色小八行纸就如一个美丽的小令,渐行渐远。薛涛笺,犹如一枚三月里的桃花,随着她的名字一道,美艳艳地开在史书上,开在中国,开在满世界。

至元代,管道升,以一个女子独有的温柔与才情,让有些粗粝的元代有了些许细润。她与赵孟頫相濡以沫,相扶江湖三十余年,终因诗、书、画三绝而流芳于世。她娟娟的楷书秀润天成,一枚"闺中翰墨"娴章,让笔下的行书美到清绝,使略显潦草的元朝文化因此而硬生生地妩媚起来。

相比之下,她是幸运的,一枚《秋深帖》,就像开在夜晚星空下的昙莲,灿烂,美艳。既是有猜度代笔的争议此起彼伏,也无需刻意地去测度绿意红情、孰肥孰瘦。只需记得,此女子为稍嫌薄寒的元朝书法,画上了一弧美丽的彩虹。

明清文化如舒锦,女子书法恰如那锦上花。明代名媛邢慈静,清代女史姜淑斋等等,不胜数。皆是静了心操管濡翰,将笔墨当作最美的女红,高蹈地行走在世间。将一页页泛旧的纸张,变作千里沃野,让笔端的三真六味,如草木一样生根、发芽,青翠葱茏在书法的史页间。不得不承认,这些女子,灵魂已经端坐在净土,精神在高高飞翔。素宣前,笔墨后,黑白之间雪藏的都是冰心样的澄澈和人间散意。

女子是好。

以天下之至柔,驰骋天下之至坚。

一蔓青藤

  冬天的夜里，屋外风紧，雪落。
  暖调的灯下，细读《徐渭》。逐字，逐画，一页，一页，缓慢而仔细。惚兮，恍兮，文字幻化，渐渐成了碎影，荒凉，薄冷。
  读着，堵着。似乎身置乌鞘岭的顶部，空气稀薄。心里如有粗粝的石头，重重地挤硌着，隐隐地痛，真真实实。
  时年有些冗长，经历细碎而烦琐。能真正把握的时光，仿佛亦是零散的碎片，驳杂而纷乱。这些碎片，就如书里的碎片。碎片后面搁着隐秘的器，锐而钝，不碰，仿佛都痛。心与世界有些疏离，春夏秋冬的每一个节点，好像都负了重。
  在这样的时段，是万不能读徐渭的。深刻的犹豫、纠结过后，还是硬生生地读了。想知道，是什么样的因，才导致了如此的果。
  起初，是怕。再后，还是怕。
  青藤先生，能书能画的翘楚人物，在几百年的艺术领地里铿锵作响，可称一代宗师了。可是，命运多舛的青藤，才华横溢却忧郁、疯癫，高处不胜寒。他的卓越，对比着他的绝望，早已在自己心灵的暗处结下了忧伤的瘰，坚硬而柔软。只怕揭了这表层的薄膜，疼痛会如早春的纤尘，卷土重来，在心里刮过胜如十级的风。
  忽一日，有友人来访。说起青藤，一名接了一句地叙谈，败了一壶又一壶的茶，不觉天色向晚。终是发现，原来，这世上，也有人，和自己一样，爱着青藤，不只将他单纯地当作疯子。

再读《徐渭》，只想透过那些已经发黄的书页来知道，怎样的境地，让一个才华横溢的人，精神崩溃，疯癫在异度的空间里不愿清醒。

百天父亲去世，十岁离开生母，十七岁至四十一岁踏上科举之路，两次童试，八次乡试，却屡试不举，二十五岁痛失爱妻，四十五岁发病入狱八年。似乎，命运是专门来找碴子的，设一道一道的障，让他过不去。

一串串数字，触目，惊心。英才青藤，半生落魄，倏已成翁。终因贫病交加，伤痕累累，于七十三时不甘地闭了眼。临死前写下对联：乐难断顿，得乐时零碎乐些；苦舞尽头，到苦处休言苦极。

隔了这几百年的光阴，他的字，他的画，依旧掩不住惊悚悚的美。这字，这画，这人，宛如胡杨，绝然而朴茂地活着，几千年不倒，几千年不朽。

青藤说：吾书第一，诗二，文三，画四。

书、诗、文、画，四样能媲美，史上也不多见。读他的一些作品，实不愧才情四溢。你来看，《拟鸢卷》里，书法精到，字里行间，姿媚与朴拙互补，霸悍与雄强同现。《墨花九段卷》中的兰、菊、芭蕉，《花卉图》里的竹、葵、水仙，每一幅，均是水墨淋漓，风神摇曳。而《人物册》里的，那些着了素袍的人，闲情，逸致，尽是仙风道骨的散淡。在泼墨十二段卷里，还可见芭蕉精神葳蕤，梅花幸福端开。

青藤说：高书不入俗眼，入俗眼者非高书。

多么了不起，一眼看尽了书法的境地。眼界高度，决定了作品的高度。郑板桥愿以"青藤门下走狗"为自己的印文。就连齐白石也说，恨不生三百年前，为其磨墨理纸。这就是青藤，他让作品说了话，吸引了大家们的目光。大浪淘沙，浪过后，沉下来的就是真金子。青藤，本就是那枚沉在黑暗里的金子。

堂皇的咸亨酒店，青藤书屋依旧。书屋门上有联："几间东倒西歪屋，一个南腔北调人。"人间不忘，天纵英才，却落魄人间。但人去了，才华仍在。几百年了，青藤，犹如夏夜晴空里耀眼的星星，依然亮晶晶地闪耀。甚至，仍如雨夜里的闪电，披云激电，破空而来。

可是，这雪夜的安稳，仍挡不住读你的疼痛。

想一想，再黑的天也会亮，花儿谢了还会再开。你本一蔓青藤，理应该足够柔韧。为什么，你就是偏偏折折了啊？最后就让笔下的字儿落了泪，让花儿失了心呢？

你看，白纸上，黑字纷扰。字里行间的线条，濒临错乱，又极力扭转拨正。犹如凡·高，试图用繁多的线条，硬生生地捆绑心间的沸水。终究，只是徒劳的挣扎。越努力，越失败，再挣扎，便心如沸水了。字在纸上流下浊浊的泪，徒留下一纸的伤痛。不忍睹。似乎能见，粗发敞衫的青藤，跋落着旧旧的草履，四处游走，吟诗，作画，写字。而生活，如笔下的墨水，淋漓，湿透。心绪，如笔下的线条，交织，混乱。

你看，黑压压的牡丹，疯狂地妖娆。谁都知道的，牡丹啊，那可是国色天香，是富贵吉祥不知愁滋味的。可是，青藤，硬是就让这艳丽的花儿，尽着了玄色的衣袖，大惊失色，黑压压、疯癫癫地开。明明该是抑郁的墨罂粟吧，中了重重的魔怔，神志不清了，你怎么偏偏就让它就借了牡丹的身子？

你看，瘦伶伶的菊花，薄情地冷漠。其实这菊吧，生来就是净的，是不争的，当有着如妙玉般的孤芳自赏。可青藤啊，你不戴黄金的胄甲，却怎么就让这画里的菊花染多了寒冷与阴气，满携了戾乎乎的杀气？

你看，纷乱乱的芭蕉，惊慌地失措。原以为芭蕉是叶厚汁肥的，是吸透了水，纳足了光的。而青藤笔下呢？蕉叶支离零落，如女疯子的长发，胡乱披散。芭蕉痛了没有，不知道。能知道的，是自己如蕉叶，被风狠狠地划伤。

原以为习书十几年，循规蹈矩，早已经习惯在点画间沉静自若、波澜不惊了。可是，面对这样的线条时，心里依然慌乱了。你让花朵都带了泪，怎么会不让自己的心里有泪。

在这样的线条纷扰里，不由得出神：怎样的情，怎样的苦，让一个人笔下的线条如此放纵，又如此不甘，想要飞翔，却又不得不低眉敛首？是怎样的遭遇，怎样的境地，让心如此不安，想要回去，却又找不到回家的方向？

一蔓青藤，本该柔韧，本该葳蕤。

可是，正如这画上题诗：半生落魄已成翁，独立书斋啸晚风。笔底明珠无处卖，闲抛闲掷野藤中。雨夜，破屋，饥饿，寒冷，还有路上的步步惊险，让风声大了，雨声乱了，心也七零八落了。

雪夜，暖家，书中晤青藤。

初与君相识，便欲肺肠倾。现世的光阴如此安好。青藤，多么想让你也活在当下，我们一起除栅撤栏，在心畦上养花种树。

以慢消日

　　暮色正起，铁炉里发出的光，金色里透着火红。火苗子如舌，一下一下地舔着褐色的砂锅的底。

　　老母鸡的汤，已经炖了个把时辰。妈妈表情宁静，手里持把长柄的铁勺，在锅里一搅，一搅，像是在宽宽的水面里静静地摇橹。

　　时光总像是很快，如早春的水，如夏天的雨和秋天的风，急着，晃着。走在城市的楼宇和车流间，像一只蚁，来来去去，急死火燎。又如一粒沙，被风裹挟，不由自主。

　　好久没有这么慢过了。慢到了有足够的时间，坐在家里静静地注视妈妈，慢到了有足够的耐心，来安然地等待一锅老汤的温暖。

　　如同这难得的慢时光一样，尘世间里有许多貌似无用的东西，实际很有用。比如说文艺，以慢的方式，缓缓润心，渐渐化文育人。如果心悦了，那么一切就简了，会从善如流。想想，真是的。人心清了，欲便寡了；人养识了，便守德了。

　　白居易《与元九书》中说：小通则以诗相戒，小穷则以诗相勉，索居则以诗相慰，同处则以诗相娱。诗，在人心间搭了座桥，牵了灵魂间相知相悦的线。

　　父亲也常常说，慢工会出细活。

　　记得小时候，下雨天的土炕上，看妈妈教姐姐绣花。吊窗启开，屋外的清风伴了雨的微凉入窗而来。那些红的绿的嫩粉的丝线，经了妈妈的手，一根被劈成很细的三根，一丝一丝地悬在窗棂上，在风中轻摇。又经了姐姐的手，缓缓地附在了藏青或者洁白的布上，静静地长成了绿叶，开成了红花。一幅枕顶，一双袜根，一帘苦被的单子，不大的活儿，可能经了一月，半年，甚至跨了年。在慢腾腾的时光里，渐次地让喜鹊登梅了，有鱼水戏莲、松鹤延年了，连那缠枝的牡丹也风情万种地妖娆起来了。

也记得村里那个魏姓的木匠。他工慢，活细。打墨线、推刨、凿眼，一直变换着姿势，不慌不忙地做活。手起手落间，锯木、刨花、推面的声音温细和润，在金色的阳光下，伴了微扬的木粉轻尘，宛如天乐四起。一双粗粝的大手，让很精美的木家什们，如一件件工艺品，安放在农家的土屋里。他还给姐姐做了个盛细碎的箱子，约尺把平方大小，四沿凿刻了很精巧的回格纹。箱面只上了清漆，点了三朵白梅，很空灵的美。这些感受，格外生动，启开了一个孩子对美的想象。那些慢腾腾的细腻活计，都仿佛成了春天里的花朵，一个个"噗噗"地缓缓打开。至今，自己的梦里，那个小箱子不时地端坐在书案上，盛放了自己钟爱的印章。

慢活，细工，让人心生感动，不由地敬仰。

能端坐着读书习字，疾徐有致地生活，许是受了这慢工细活的蛊惑。秉守了这个理儿，无论读书习字还是生活，多年来一直持着谦卑的胸怀。无论做什么，事前必先静了心气。

尤其是习书以来，更是对每一个有生命活力的汉字心存凛凛敬意。初临《张迁碑》时，面对结构奇诡、笔画繁多的字时，都不敢轻易落笔，总要认真地读上好长时间。读懂了，才敢下手。慢慢体悟着道生一，一生二，二生三，三生万物所潜含的深意。其实，渐进就是一种慢工，细活更是一种悠然。

临习《道德经》法帖时，每到"治大国若烹小鲜"时总要停下来，思量一会儿。初看，这治国的大事，与煎鱼的小事相提并论，的确有些出乎意料。再细想揣摩，其实，这里讲得也是慢工与细活的理。对于习字，也是一样。得去了急功近利的心，放慢，细研，持久，再放慢，再细研，再持久，才能有所渐进。慢一些，细一些，再慢一些，再细一些，结果便会更好一些。慢所带来的境地，犹如戏里的曼妙青衣：一只脚轻轻勾起，头慢慢婉转，水袖半掩了朱颜，杏眼流波。水袖软软扬起，再缓缓泻下。这慢的空灵，顷刻间抹细了生活的所有粗糙。

慢，让自己对待一件事情时，有了更多的持久、恒心与耐力。比如，自己静对《书谱》法帖时，心存凛凛敬畏。面晤小草的疾徐时，会被里面那种细节上的美深深魇住。经常溺在其中，三四个时辰恍若倏然一瞬。那些沉实的方笔，轻灵的弧线，还有入微的筋节搭接以及丝丝入扣的转折引带，美得让人凝声屏气。这样细致的美，也只有在慢的状态下才能感受。

因为从事文事，对于慢的理解，更有了另样的感受。

现场即书，常常让书家慢工的修为毕显。比如操管濡翰时，有些人，总如突有劲风拂过，乱了方寸。而有些人，则如玉树临风，以静止动。

略乱方寸的，右手持毫时，左手定是捏了一把废宣。墨一落洇，便急慌慌地敷纸上去吸晕化的水。右手写着，左手吸着。操管使毫本有的优雅，在右手与左手的没有分寸的忙乱里，显出腕功的纤弱，修为的匮乏。

而笃定者，在墨落汁垂的倏然间，依然保持着闲庭看花的淡然，有着一种漫云卷舒的闲适。当墨如承露，软软地泅入宣纸时，书者不慌不乱，任随墨晕缓缓散化漫溮。经了这散淡的慢处理后，手下的作品却多了另一番恰到的好处，多了一些自然随意的气息，让人心生欢喜。

身边有位先生，画画时气度淡定。起笔时，把笔运锋，笔起墨落。架势犹如王铎写字，一副掀起脚，打筋斗，驾着云雾空中行的快活恣意。而大结构初定后，便是一系列缓慢的腕下微妙的动作，以真、行、隶、草笔意细腻杂糅，不愠不火地一遍遍勾、皴、擦、点、染。一番古人"三日一山，五日一水"的慢境界后，画面渐渐从粗头乱发、乱石铺街的初始影响里显出不疾不厉的温和、端庄、敦厚的美来，画面最终呈现文气氤氲的精致来。这样的厚美，应该是日积月累慢养的结果。

慢能养人。宋代理学家程颐说过，每见人静坐，便叹其善学。其实，这种敛约的生存态度，从另一个层面说出了慢对人的给养。疾而慌的节奏，于事无补，于人也无补。活着的过程，应该是让身体与内心安逸相适的过程。

暮色正浓，依旧安然地等待一锅老汤，享受那慢时光里散溢的味道。有时候，真的愿意将日子过得慢些、再慢些。以慢的方式消日，度光阴。

河西的木简

秦时明月，汉时关。那阴晴圆缺里，那关里关外，流淌的是寒涔涔的光阴，里面是清，是冷。

自汉始，河西如一幅长卷，缓缓铺陈。秦砖、汉瓦、长城、天马、阳关、酒泉、天梯山、莫高窟……河西如梦，教人魂牵梦绕。而河西的木简，恰如那一枚枚古玉，端端地遗落在河西的霜尘里，亦如万朵水墨的罂粟，酽酽地盛开在西域的天空下。

从英国籍匈牙利人斯坦因发现了第一枚木简至今，静卧在河西的几万枚木简陆陆续续从酣梦里醒来。居延简、武威简、酒泉简、敦煌简，一枚简，就是一页史；诏书、律令、经书及医药方，一枚简，述说着一个故事。

汉时的河西，风扫长天，烟拂大漠。

这里曾经金戈挥舞，铁马如虎。也许，是战火里的青铜太硬了，是月下的石头太冷了，让人心薄凉。处处都冷啊！人世间应有的烟火与温暖哪里去寻？

持一枚河西的木简，仔细端详。来自汉代的木味、墨香，如白驹，破隙而来，沁心，入肺。屏气，息声，时光倏尔恍惚，似乎千年的光阴都在步步回溯。手中是木的暖，眼里是线的舞，而心间，触到的皆是那冷光阴里遗落下的气味，辽远，寂静，端肃。

木简，木简。这木是温的，是厚实的。而简，是轻的，是约略的。两个字，归置在一起，就是温暖，是质朴，是美丽。

这木简里的风情啊，需要人慢下来，用心静品。乍一看，似乎经霜蒙尘，像是有意的敛藏。细推敲，实际是露天而建，与民亲近。木简的情怀里，尽是生活俗常和人间冷暖。

河西没有竹子，但是河西有树。汉代的时候，这里水草丰美，森林葱郁。因而，与大多数汉简不同，河西的简大多是木质的。勤劳的百姓提锯开刨，让葳蕤的树木化身细巧的木条。树木如人，有鲜活活的生命，纳足了天地间的精华。于是，来自树木身上的木条，质地硬而温润。聪颖的吏卒持简把笔，那些汉代的文字就如黑色的蝴蝶，轻轻地栖在木条板上了，自顾自地美开了。

所有木简，形狭长，字偏扁或阔长。汉简以前，所有的文字是铸在青铜上的，或是刻在石头上的。而木简上的文字，是笔墨留下的。一笔，一笔，以最柔软的力，入木三分，镇住了刀光剑影。或书信记事，或公文报告，不拘形迹，以篆、隶、真、行、草的形迹，缓缓抵入，错落有致地述说汉代西域的光阴。

河西木简，如此美好。

你来看，把简，提笔，锋在木条子上游走。墨随着笔缓行，力随着笔抵近。落笔了，情就生了。墨，至柔，至润，浸洇在木片上。木，尽韧，尽健，吸纳了墨的瑶华。于是一枚枚字，如花朵，灼灼地开了。在婀娜着，在婉约着，似乎有风轻拂，裙裾缥缈，美的款款落落，楚楚有致。黑色的文字与褐色的木头纠缠着，彼此温暖。犹如陷落在爱情里的性情之人，用心相互靠近着，糅入对方的是全部的精气。

喜欢极了，这样的文字，如此风情。它们，像着了大汉华服的女子们，体健、魄壮、婀娜、温婉。所带的风神，更像是

受了羌笛、胡风的浸渍，与西域的风情暗合，多了些妖冶。也许这里曾经是汉朝抗击匈奴的前沿，简檄频传，处处是兵刃的寒光。也许，这里有万里长城的绵延，望峰走驿，每每有如虎的雄壮。于是，河西的木简，浸足了气息，气息是盛大而雄壮的，情致是婉约而美丽的。质朴，简约，无太多修饰，率意里尽是生命深处的灵性。汉赋是铺张的，大风歌是雄壮的，面对这河西走的木简时，似乎听见西极的天马沓沓来兮，那是大汉的舞，那是天朝的赋，从九天处倾泻着来，引人目眩神晕。

枚枚木简，原本是整卷的，抑或是成册的，经历了千年的风尘，或许是被风拆散了，或许是麻绳朽断了，于是，就那么一片一片地散落经朝历代的光阴里。木简有的完整，有的残损，墨迹，有的锃亮，有的斑驳，就如河西风尘里曾经的人和事。河西多荒漠，南依是巍巍祁连山，北傍是漠漠腾格里。四季里，戈壁的风干燥而冷硬。于是河西，少了雨的滋润，多了沙的粗粝。这里的木简哪，也经受了所有凌厉的风霜。它们，如戈壁的石头，多了些寂静的粗粝。也如河西的牧草，沐浴过金子般的阳光，平添了温婉的柔情。透过有些粗粝的外表，细览，一种新，缓缓出现、放大。在率意、质朴、粗犷、雄健表象后面，河西的木简美得含蓄、温暖、妖冶、端庄。

生在河西，爱着河西。已经记不清几次去看木简了。只记得在武威，初见王杖诏令简、医药简、仪礼简时的步步惊心。见一次，爱一次，一次比一次深。

简的字里行间，所有的线条如鱼，游走的无拘无束、自由活泼。而线的组合里，几乎可以找得见汉字的所有形制。篆、隶、楷、行、草，它们的影了，它们的精气神，都在这一枚枚的简上活脱脱地来去自若。点如刻，撇有致，竖骄纵，捺却逆风轻扬了。横,如利箭锐簇,剑拔、弩张,有朔风呼啸;竖,若长矛大戟,脱鞘,锐出,显寒光凛冽;而捺,又似柳眉兰叶,轻拂,曼舞,如青衣缓步。这样的文字,像是着了胄的将士,乘了天马,正驰骋疆域。又像穿着玄衫的女子,和了宫、商的旋律,在水袖曼舞。处处是丈夫似山的伟岸,间杂了女子如水的婉转。短线,没有枯槁寒薄;长线,平添曼舞彩练。霸气、隐忍,野性、理智。粗,不重,能锐;细,不轻,能壮。字字方圆完美地结合,诸锋巧妙地交替,所有的正斜变化、阴阳向背,都是错落有致、肥瘦相宜,刚柔相济得恰到好处。结字因时相传,用笔千古不易。汉简以自己的方式,在书法史上平添了这么美好的句读。汉字,汉字,中国的文字叫汉字。字的前面冠了一个"汉"字,足见这个朝代对中国文字历史的皇皇影响。

今天的书坛,姹紫嫣红,百派骈臻。那些情钟汉简文字书者,就是那如谪仙人。因了那一念红尘,让心轻易地堕入,心灵在泥淖与青云间来来回回。端因被那黑色的美勾去了魂魄,宁愿信了,那美就在白纸上面,黑字后面。那枚枚开在木简上的字,如异域的花,璀璨地绽放在书法的天空下,开得风情万种,野性妩媚。端坐高堂的秦皇汉帝,当他们以猎猎的战旗武定天下的时候,也许从来没有想到,曾经在历史的天空下,以实用为主的汉字,借助着竹木而流动的讯息,会成为一种不朽的美,在两千多年后的中华大地上,传奇式地盛开。

河西木简,草木情性,率意天真。有人说她野性,有人说她生拙。说真的,木简真的有些生涩,如野生的植物,少了整饬,多了些草木的天真。时而率意洒脱,自然流畅;时而粗犷泼辣,野趣横生;时而雄健豪放、浑厚劲健。浓厚的隶意,似

乎给文字充盈了丰沛的元气。

　　野也罢，稚也罢，偏偏让人心生欢喜。甜的东西，经不起咂摸。甜得久了，甜得过了，就腻味了。唯这生、这涩、这稚，反倒是有了率真了，才是入味的。

　　喜欢极了，这汉帛般的平实，没有似锦的繁华，却以低调的华美，直抵人心。就像心里深爱的那种至简里暗藏的繁华，精致到心惊。更像心最底里存着的爱情，朴实无华，却已刻在骨头深处。

　　宋人说，以俗为雅。也有人说，大雅若俗。那么，河西的木简呢，归于俗，还是雅呢？其实，这雅、这俗只有文野之别，哪有高下之分哪！只是这雅，站在了高端，而俗，就隐在民间罢了。

　　有时，真的让心恍惚，觉得这木简，就是一枚枚生鲜的果子，还挂在枝上，活生生的。觉得这生活，就是从雅里脱来的俗。这人啊，懂得了生活，就不再为表面高调的奢华的东西动心了。

砚边芳菲

快捷的时代，人心好像急驰在高速的路上。快节奏，让心上火，焦灼缭绕。说真的，烟火缥缈的光阴里，这么柔软的内心，一定要有柔软的东西来抚慰。

生活的本真，应该是精神上的适意。

一直喜欢清澈的东西，更喜欢简单地活着。于是，喜欢上清清静静、将纯净明丽的砚边生活当成日常。黑与白，两种最本真的基本色调，素素净净地搭建起一个世界，任天地玄黄间清意漫漶，四季芳菲里人生澄澈。

习书久了，爱上了与写字相关的所有东西。一方砚，一张纸，一支笔，一本帖，处的时间长了，就成了知己友人。如同农人手里使顺手的工具，用得多了，就爱上了，配合默契了，成了生活里不可或缺的一部分。

一方砚，就像是一口深邃的古井，蓄养的是人的精气。龙光、剑气蕴纳其间，灵光四溢，养出了五彩的墨韵、稳健的笔风和大气的格调。守在砚边，无论你是激越的少年，还是稳练的中年，抑或是安恬老者，你的心灵都会变得温润灵动起来。眼睛和心灵每天都行走在干净而澄澈的黑白世界里，天天如同有清澈的水濯过，心境一定是清朗朗的，连梦境里都会染上澄明的色彩。

每每抚砚，心里一片温润。思绪总会幻化，仿佛面晤一位久经墨香浸染的智者，青衣长衫，满脸文气，举止款款，谈吐彬彬。安静敦厚的砚，不如水晶般的晶莹剔透，也没有琉璃样的灵光闪烁，有的只是一种古厚和端庄。简静宽博的里面，沉湎的是辽远纯净的梦。也许，我们喜欢的就是这种气度，它能容纳身上浮气，能过滤心间的杂念。

人生，需要不停地积累，需要厚积，才能薄发。养精蓄锐，是必须要走的过程。那么砚边，就有一条路，有始，无终。就是一个世界，无边，无界。临池，然后志逸。也许，你可以将生活的一些琐事和不快藏匿在一方砚的后面，让砚盛放你多余的忧郁和烦闷。轻装上阵，走自己想要走的路。

宣纸，千柔万韧，柔软中带足了韧性，柔得如绸缎，韧得如若蒲苇。原本是低微的树皮、草叶，经过十几道烦琐的工序，浴火后重生，纳足了韧性。纸寿千年，赞誉的就是宣纸历经千年，而光洁如初的柔韧品质。俗话说，柔能克刚，韧者持恒。如果，我们也拥有了宣纸的品性，那么还有什么做不成呢？轻似蝉翼白如雪，抖似细绸不闻声。宣纸洁白轻柔，真是妙不可言，它呈给世人的是一片冰清玉洁。

太喜欢宣纸了，因为它纯净明亮、宽厚宁静，消屏了人的杂念，让心在顷刻之间纯正无邪。我沉浸并迷恋宣纸，因为它状若绸缎的柔软，抚之，如同轻触最可亲的人的身体，没有生疏的间隙和隔膜。我迷恋它安静的吸纳和包容，墨水在上面洇化的感觉，如舒适的梦，温润。又像是花在静开，无声。如此的美，教人沉醉。

罗丹说，美只有一种，那就是宣示真实的美。宣纸的素洁之色，平实而质朴。正是这低调的色，反衬了墨的黑，并任其升华。也是这黑与白的比照，稳妥了人心，随其安谧。

世界至繁，天地至简，人心应该最简。做人，应该像一张宣纸，低调、平实、吸纳、包容。我相信，一个喜好在宣纸上纵横的人，他的心境一定是平和安详的，目光一定是宽阔浑远的。如果我们内心向善，敛去一切芜杂，岁月就会一片静好，生活就会安稳富足。

墨，无形，柔和。老子说了，天下之至柔，驰骋天下之至坚。这个理，同样适于墨。这么至柔无骨的东西，却能在纸上化作高山坠石，变成铁钩银针，力透纸背。黑墨渗进雪白的纸，渐次晕化，像一朵花静静地开了，如处子般沉静，更像是一个温润的梦。太喜欢这种奇妙了，黑的珠玑在洁白中悄悄跃动，墨痕在晕润里慢慢漫洇，美丽和曼妙，足以让心旌摇曳，如潮汐在涨涨落落。

日日用墨，如面家人，亲和温暖，甚至幸福。喜欢它洇在纸上的熨帖浸化的感觉，润纸无声。就像是渗透我们生活的亲情，无声，却处处弥散。喜欢它那轻淡的松烟味，就像与自己心仪的人内心契合已久，从骨子深处里尽是喜欢，哪怕是浓浓的烟草气或者汗水味，也都是与自己内心相合的。

上好的墨，颜色一定要黑如漆，光明可鉴。质地呢，要极轻极清，拥有自然的香馨。墨如漆，质轻清，味香馨，写字时才能得心应手，才能入纸而不随意地洇散，行笔不受阻滞。写字时，自然就神清气爽，落笔顺畅了。

墨之美，妙在用纯正的黑色，巧妙地用水，洇生出浓、淡、燥、润等韵味。燥与润，浓与淡本来是对立的矛盾，要利用好水和墨的比例，控制住笔下墨流的速度，才能化解冲突，让字里行间呈现燥润浓淡相间的墨韵之美。浓要浓得不滞、浓得不浊，淡要淡得不浮、淡得不弱。如果墨多了，字就会显得抛筋露骨，僵硬浮薄。而水掺多了，字就会轻浮无骨，单薄失神。

燥润相杂也是一个度啊,就如做人,万不能一润成水,立不起人形,更不能一燥到底,与周围人、境格格不入。

案头的卷帖,是经年的精粹。一本帖,就是一个挚友。时间长了,人与帖互懂。就如我手里《张迁碑》,一九八七年版。外表已经磨损,卷了毛边,掉了封皮,依旧还是珍爱。女儿六岁时用稚嫩的手补了牛皮纸封面,并题了书名,很幼稚的字。里边有我随意地古字今注记号。于是,更加喜欢。一直搁在手头最便利的地方,能顺手就读。经常翻动,揣摩临习,与我没有了生疏间隙。相依十几年了,贴与我一起渐渐变老,相濡以沫,相忘江湖。

一些法帖,于今天的我们,是能惊天动地的高端艺术,而在过去,只是文人烟火生活的便条。是夜雨剪韭的香妙,是霜未降时的三百枚桔的情义,是近来身体何如的牵念……帖是生活里脚踏实地的温暖与亲和。那快雪时晴、那姨母、那鸭头药丸儿……尽是生活的烟火和日常。

经常读帖,读其中承载的美丽,还有帖里表现出来的思想。一些人生的体验,有些是借助帖得来的。帖里面蕴涵的东西,常常让我与生活关联起来。比如正斜相生、借让补空、随形布势等结字特征,又比如收放、疏密、向背关系的空间处理,多像我们生存的法理啊。无论一个单位,一个家庭,还是两个人之间,人作为一个个体,总是相对独立的,但又是相互交融的。如果掌握不了相处的度,就像掌握不了字的结体和布白一样,是无法和谐共处的,更不要说心悦神畅了。因此,与人,应当为善。能让则让,能补就补,要懂得收放,懂得尊重与友爱。与人相融,与境相适了,生活才会真正美丽。

紫砚、白纸、黑墨、竹笔,简单质朴,素洁清和。这些纯朴无华的物，聚在了一起，养育内心美丽的根苗。墨浸笔，笔在纸上走过。屏气息声，自始至终，将一种摩擦的力，运动、停止、复始。单调的、有些机械地重复、持续，砥砺了人的耐性。方寸之外，有始无终。坚持，揣摩，再坚持，再揣摩。我们的视野，渐渐超越纸界。透过单调，一种渐变的阔大，慢慢地从狭促的格局里变得辽远、臻美。运腕挥毫，一支笔、一张纸、几滴墨，就把嘈杂的市井喧扰推远了，隔开了。最简的颜色，至简的线条，超越了纸界，装饰了内心。于是，内心的情释放扩展了，心里的路延长通达了，美从这里安上了翅膀，开始了不断地飞翔。

一张白宣，一砚乌墨，告诉我们一个浅显的道理，那就是黑白分明，那就是知白守黑。黑与白，两种最素洁的色，素洁里透着清静。轻幽的墨香在白纸上浮动，就像是冬日里的雪天，四周安稳，内心静谧。也许，砚边的世界是空旷、寂然甚至萧瑟的，爱上这素洁清寒，就要忍耐孤独，守住人的本真。如果我们守住了冷清和寂寞，就守住了我们自己的内心。

夜深人静，心静歇下来。乌砚静卧，白宣铺就，红木震纸安放，砚里的墨与水无声地交融，散发着清幽的香。当黑汁泅入洁白的宣纸，墨痕晕化的奇妙，美轮美奂。此时，砚边芳菲，岁月静穆，现实一片安稳。

芬芳手札

时常静静地端坐在书桌前，在安逸与静谧里，享受翰墨书香带来的安稳和富足。习书多年，浸沉在白纸黑字里，目光和思绪总爱在手札间厮磨、游走。

案头放置些经典手札集子，能顺手随时阅之。一幅幅心仪的手札，结字婀娜多姿，腾挪互让，墨色浓淡相宜，润燥互应，分寸把握得恰到好处。因为文辞、内容、心境和纸张的不同，从而展现出不一样的美丽。或纯净温和，或安静淡然，或清丽潇散，或轻灵自如，或烂漫涨落，或酣畅淋漓，或优游雅致。自魏晋以来，这些只纸片札，若吉光片羽，生生息息，代代相传、演绎，以完美、绝版的方式遗世芬芳。

这些手札，纸质多为麻质，颜色宛若陈锦。素缕样的底上，是中庸而平和的字。缄缄手札，线条干练，墨色纯净，没有芜杂的修饰。就像是一个着了青衫的才俊，泰然淡定，无半点张扬做作之势。其实，手札上面，就是旧时文人的影子，那么淡定地入世，那么超然地出世，气质是从内核里自然渗出来的。

情衷手札，爱的是这里蕴藉的情真、意切，爱的是这里摇曳的美丽和四漫的芬芳。尽管有些手札已经纸张破旧，品相沧桑，但墨迹依旧未淡去。这些薄若蝉翼的纸张，竟然完成了这样的使命。让几千年的文字和情义，随着墨迹姗姗地走到了今天。时光的大浪在不断地淘沙去泥，千年风雨后，能沉留在我们案头书桌上让人沉醉的，那一定是熠熠生辉的真金子了。

这个时代的节奏，这么快，快得让人晕眩。横冲直撞在我们眼界里的，尽是快捷的变化。离我们最近的汉字，也日渐经电脑严谨的编程变得统一而整饬。很少能看见书香熏染出的儒雅和温穆的字了，更不必说才情飘逸的手札了。

看不见手札的年代，生活似乎缺少了些什么。就像是我们一日三餐里，少了一味重要的调料，总觉得缺了些东西，让人有不足的空落感，多了些沉闷、枯燥和孤寂的乏味。

手札，如同一个微启的窗户，静静地推开一个美丽而芬芳的别样世界。这些书法中最率意的文字，在纸上影影绰绰地曼妙。一个个时代，和着它们的荣辱兴衰，随着书札的缓慢铺展而回溯、重建。一个个书者，带着他们的经历、性灵、才气、风度及修养，就在纸间笔墨里漫延幻化，破茧成蝶，灵魂起舞。

原本平实的书信，和一些形制相近的诗抄文稿、便条、借据、收条、药方等，因为拥有了同样独特的美丽，便被人们归置在一起，有了尺牍、书札、函札、缄札等多种普通的称谓。因为书写载体的不同，称谓也就不同。写在木片上的为"札"，写在竹片上的称"简"，写在布帛和纸上的叫作"帖"。再后来，就统统称作手札了。

这些因书法之妙而传世流芳的手札，它的美丽，表现独特。它是借助着笔墨、线条，从空间布局和文化格调上铺展美丽的。美了千年，不息不衰。于是，被人们竞相厚爱，便渐渐如学养厚积的人，经历了时光的考验，慢慢有了身份。因此，上好的手札，被尚美的人们尊爱，冠了"帖"的称谓。如《平复帖》《官奴帖》《奉橘帖》《寒食帖》等等，在书法史上留下了永远的倩影，经久不衰地摇曳着美丽，散发着芬芳。

衷情手札，不仅仅因为这是书法美的一种表现款式。一直执着地认为,那些自然平淡、简洁流畅的手札,就是一种至善至美的文化符号。在笔墨世界里,小小手札,用至简洁的线条和最单一的黑色,表达了最丰富的美。它娇小玲珑,若惊鸿,似锦绣,婉然流传,美得芬芳四溢、欲罢不能,叫人心驰神往。

一缄短札,数语心迹,承载了才子俊贤们一时的情感。原本无意的鱼雁往来,借助饱蘸情愫的书法语言,让才情和文化思想四溢漫溃。这是一个多么奇妙的空间,满载着一纸情绪,以最简洁豁达的方式漫漫溃溃,泅透了我们的生活,旖旎为书法史上绮丽的俊影。

一缄手札,就是一扇窗户。

面前安然地铺展开一缄手札,就像是与情笃意深的老友相晤,似乎我们的内心相识相通已经很久。透过窗户,我们看见的是情,是美,是史事。去了字里行间的美,我们读到的是里面的人和事,是人骨头里的本质,是人与人之间互相的依赖和温暖。

手札之美,在情真,在意切。写手札的初衷,是述事的,说的是生活里最真切的事,甚至是小到不能再小的琐事。那些事,那些情,未经粉饰,三言两语,便将心底里的本真的情谊述尽了。

如《平复帖》,这个书法史上最早的手札,是遥祝好友病体康复的一封信札。言简意赅,仅仅八十四个字,真情切意就从字里行间渗出了。而《快雪时晴帖》呢,又以寥寥二十九字,将大雪初晴时羲之的愉快心情及对亲朋的牵挂问候跃然纸上。《奉橘帖》只有"奉橘三百枚。霜未降,未可多得。"就两句,简洁明净,却蕴藉隽永,情真意切。

手札,美的厚重。它以书法的面貌示人,情真的意味上加重了分量。通过下笔的提按、顿挫、绞转,线条的轻重坚柔,墨痕的光润滞湿,就将内心的焦灼、畅达、甜美、苦涩等情感意绪尽呈。比如《平复帖》,有较浓的章草余味,用秃笔枯锋写就。平淡简约,随意洒脱中表现出一种轻松自如、信手拈来的自由美感。又如《姨母帖》,章草中兼有浓重的隶意,一笔一画迟缓滞涩,却章法规正,晋人散淡高远风格毕显。《丧乱帖》笔意初是平和规矩,后草意渐多,最后就是不管不顾的狂草了。痛苦与不安之情跃然纸上。《初月帖》更是逸笔草草,结字跌宕,点画恣意,压抑和释然之情呼之欲出。《肚痛帖》,又是重笔浓墨如高山坠石,行笔连绵若长虹贯日,情绪借助书法,得到极致的释放和再现。

有些手札,美在恬淡简约。比如八大山人信札,内容所述,多为友人间奉画、饮宴、借钱、谢赠等往还之事。节奏优悠不迫,墨色淡然虚和,笔触舒缓沉静。淡墨凝敛于旧纸内,与纸色相应和。缓慢的徐疾变化,自始至终就是一种神定气闲的淡定。似乎,一切的喧哗、纷扰都随着沉下来了,只有安宁。从这里,我们似乎可以嗅出历史的沉香。

经常想,如果,现代的从艺者们,能有这样虚和宁静的心志,有这么一份安静与平和来消受,而不是急功近利,那将是多么快乐无比的事啊。

透过手札,阅到的是浩繁的沧桑。小小手札,尺幅虽小,却包罗万象。方寸之间,是大千世界。大到国家兴亡,小到人间悲喜,无论是豪放情,还是婉约心,里面盛放的是文人情怀。手札里面,横、竖、撇、捺,挥就的是那个时代的风声、雨声、蛩声,还有古今文人们千帆过尽的孤独和坚定。谁言一点红,解寄无边春。其实,手札就是那美艳的一点红,后面是一个无边世界。

除了魏晋手札的散淡清丽外,后来的书札,也有千面的美。颜真卿的气势磅礴、杨凝氏的清新雅致、苏东坡的浑厚雅致、黄庭坚的笔致荡漾、米芾的快剑斫阵、蔡襄的温文尔雅、赵孟𫖯的潇洒典雅、唐寅的甜美秀逸、祝枝山的激越跳荡、王宠的古雅超迈、文徵明的清秀道美,而张瑞图、黄道周的大气磅礴,赵之谦的刚毅稳重。厚积的学养与迸发的才情相互辉映,不同的手札,不同的美。相同的是,所有的手札,都是以书法孤本的形式茕茕孑立,美的只可心契,不可言宣。

时光如同一个回不去的梦,也许,书札再也无法回归曾经的本真、无意之美了。

旧时手札,小尺幅,大乾坤。美在尺幅短小,章法灵活,方寸的空间内,能将情感、境界、意境表达得十分通透。小笔墨、小篇幅、小情绪背后是心灵的大写真。无论言志、表情还是达意,都是一种自然的状态的呈现,无丝毫虚情、假意和矫饰。每每时和气润时,纸墨相发,神融笔畅,真情切意就信手拈来了,文人的学养、心性、情感就在瞬间的璀璨绽放了。

如今,信息便捷,书法也在渐渐形式化了。心境无法回归,再也无法沉潜到历史文化的深处去,然而依旧挚爱手札,依旧手里创作和眼里欣赏书札。只是,人、境已经变得逼仄了,人性之美似乎无法在手札里自由地舒卷。

没有了安忍不动的心,写出的手札,设计的心思多了,率意的本真就少了。甚至,不得不说,展厅里穿了盛装的手札,背离了情真意切的初衷,远离了生活本来的气息。好像是走秀的时装,只能在台上。少了的不仅是静气,更少了那么些雅致。

原本是案头信手可阅的亲和,无端地多了些过度的装饰。

烦冗的拼接和成倍地放大复制古人的手札，怎么看，都让人难受。我甚至觉得，加工后的手札，就是一张画皮，没有灵魂，没有温情。那些精心设计的手札，被称作作品，悬挂在展厅的高墙上，与心隔了起来了，让情无处搁置。手札的生命，跌入了空洞的形式陷阱，人性境界退后了，文化深度和心灵纯度退后了。我们能有的，只能是沉默和失语。

斑驳与繁华的烟云轻舞流转，透过发黄的纸张，我依旧缱绻在书札的旧梦里。手札遗落在生活尘埃里，却长在了我们心里。

面对书札，经常奢侈地遐想，什么时候，我的文字，能在我写的手札里，芬芳不已。

碑帖之间

碑碣墨拓，如星辰，散散地点缀在尘世的天空下，被我们统统尊称为碑帖。碑与帖，或工整清晰，或泅蚀斑驳，总盛放了黑与白，点与线。它们互辉、相映，然后四漫、成趣。

屏了气，息了心，安静地去品。碑帖之间，黑与白，最纯粹的色彩，点与画，最简单的线条，就那么经意不经意地组合在一块，便焕幻出别样的味道和气息，显出了山的豪放，水的婉约，美的让人心生欢喜。初看，是吸引，再看，还是吸引。终究，沉浸于字的江湖，我物相忘。

一字与一字，若斩金，如切玉，干净、匀称、利落，没有生拉硬扯的拖沓，毫无拖泥带水的缭绕。字里金生，行间玉润。一种美，就仅仅因为它真的美，就以偶然或必然的方式端端地传世，婉然地留存。它们没有刻意的喧哗，却在黑白两色里风神摇曳，穿神蚀骨。

读帖，习帖。人与帖，互悦，并相濡以沫，相依于人世的江湖里。持有古风，情衷古典的人，总有喜爱碑帖的情结。他们喜欢在浮生的光阴里偷得半日清闲，拈来案头搁置的碑帖。一案一几，一纸一笔就已经足够了。操管，濡翰，让心，如鱼样在白纸黑字间游走。人是鱼，碑帖是水，鱼水相知，快乐是长生不息的。

碑帖如史，历经了时光的沧海桑田。岁月的步履，在它们的身上留下了风尘的印辙。一件碑帖，犹如一块秦砖，一片汉瓦,也许斑驳,也许残损。而那斑驳,那残损,却如月的阴晴圆缺,难掩美的清辉,反添了别样的风情韵致。

碑帖如史,不是通史,而是断代史。一方碑,一拓帖,就是一扇窗户。历史文化的长廊里,碑帖璀璨。用眼轻启,用心抵近,灵魂的马会奔驰在历史的草野深处。荣誉成败,美丑毁誉,尽在里面了。

你看,先秦的光阴里篆隶纷呈,甲骨文如铁汉样侠肝义胆,楚简似美女般细润温柔。再看,两汉的天空下牍简双星争辉,隶书从此款款端坐于人世的光阴深处,正大光明。而魏晋的萧风淡雨里,二王风清骨峻的旗帜猎猎招展。接下来,唐重韵,宋尚意,清贵质,林林总总,一代又一代,色彩斑斓,散溢着那个时代陈年墨香。

碑帖如地,黑字是花,美就酽酽地盛开在史书的大地上。残碑,断简,陈帛,旧的意味,犹如一位上了时岁的智者,寿斑点点。读碑,品帖,碑帖间散发的味,就是旧时光里留下的沉香。那滋味,恰如温和的风里带了一点点的清峻,让人着迷的也许就是这坚硬里的柔软,那冷峻里的温暖。缓缓沁心的是一种厚,如父爱般的宽博,似母亲样的温暖。

老旧的的确有些老旧了。可是,此老非彼老啊!这老,这旧,如陈年的好酒,味醇,香深,意远。即使时光无情,风雨冷漠,岁月的利刃损减了它们的形,而那锦绣的内质,却仍然让人沉在美丽的幻梦里,不知今夕何夕。

碑帖养心,它无声却如一个柔韧的器,钝钝地在打磨心灵。历经过时光淬砺和打磨,无论碑的苍厚和质朴,还是帖的流畅与刚健,都散发着迷人的光泽。碑里是顿挫提按,帖里有枯润使转。神游在碑帖之间,无论百炼钢,还是绕指柔,总在百媚

千娇。化刚为柔,以柔克刚,让心与帖相通,灵与肉互悦。

碑帖养心,养的是静心,安心,善良心。碑帖如一枚器,恰当地安放了字的大小、长短、正斜、枯湿、断连、方圆、粗细、正欹。字与字、组与组、块与块、行与列之间的搭配,像是一个屋顶下的兄弟姊妹,谦恭揖让。点、横、竖、撇、捺,搭起的是和谐相生。无论碑的金石味,还是帖的书卷气,里面尽是玲珑的妙意,美着人的心情。儒之中和、庄之玄妙、道之淡泊,心走在其间,无暇顾及天地之大小,人世之善恶了。

面对至爱的碑帖,就如心灵的马儿被拉入了广袤的草原,剩下的只有尽情享用的了。人世间的升迁沉浮,仕途上顺逆进退,还有那些如影随形的阴暗的、非分的东西,都被眼前的黑白辉映的美充斥了。曾经的爱和恨,烦心的人与事,如静水上的微波,隐退了。其实心素若雪了,人便安好了。

太喜欢这个世界里安宁的黑和白,喜欢那里面深陷的安静与孤独。碑和帖,笔与纸,墨与人,就像是心与心之间,原本无桥架通。可是人面对碑帖,笔浸了墨,墨落到纸上,这灵魂的桥便通了。儒中和、庄玄妙、道博大、佛空灵,无论润如春雨,还是燥似秋风,都在碑帖之间若隐若现。于是,仁的人看见了仁,智者顿悟了智。最终,黑白的性灵,化作纸上风情,让心随意乐山乐水。

世间一切,就如烟尘,会随着时光永远远走。而碑帖却神合情契,以石样的质感,水样的柔和,消解了冰冷的隔膜,悄然地将美安放在黑白世界里。看的人喜欢了,写的人愉悦了。于是,这个世界里,江山与美人隐退,光阴与时俗屏蔽。

至此时,我们终是明白:为什么宋徽宗不守着自己的江山美女,却把心安放在碑帖间了。这与南唐后主李煜把自己的一生交付了诗词是一样的理啊。中国历史上皇帝很多，也许让人们记得并不多，却有很多人记住了瘦金体，记住了春花秋月。金戈铁马是留给烟尘岁月的，而这个书法体式，却是刻在历史的石头上的。原来，这世间，总有这么些痴人在痴痴地做着梦。他们，让文化披云激电、穿风过雨，隔了几百、几千年的烟尘和风雨，破空而来，长成万千种气象。

　　碑帖在人间，人在碑帖间。宁愿相信他们如我，如大多数灵魂囿走在碑帖间的人一样吧，眼睛一不小心跌进了黑白的世界，精神就被永远魇住了，做起了书法史上的庄子，成了灵魂飞翔的人，辨不清究竟是蝴蝶，还是自己了。

金石骨

　　人世一切繁华，如烟如云，在渐消渐隐。几言诗，几帧字，几幅画，几拓印，却借了吴昌硕先生的兰心蕙质，款款地坐在了高处，端端地留在了世间。四样绝活，穿越了时光的风雨，蹚着历史的河流，如经年的沉香，气息在四处弥散。每一样，都如举起的金石之印，一下，一下，稳稳地钤拓在人心的里头深处。

　　诗、书、画、印，本如一个家里的兄弟姐妹。谁有谁的性情，各有各的美丽，是难分伯仲的。吴老先生硬是让这四样的美丽合璧生辉了，不能不说是绝代风华，千年不易了。

　　书法是属于线条的，而画画，则要在点线面的基调上偏重笔墨。一个要的是质感，一个偏的是氤氲。先生谙熟了这个理。他的一生，是踩着金石的厚重，捻着质感的线条，搭建诗、书、画、印之华美大厦的。

　　这位中国现代书法史上第一位大师，与书与画绝佳，而治印又属当代第一。受到这样的尊崇，不是一夜间做就的梦。这其实就是一块金子重见光明的过程，经年在黑暗深处的跌打滚爬，兼收并蓄，最终迎来了阳光下的熠熠生辉。

　　春秋战国之交，十枚鼓状的石刻，带着先秦的旧梦，走在尘世的光阴里，经受着时光的打磨，一天天地残损、凋敝，然后悄悄沉睡在尘埃里。千年倏逝，忽有一日，在大唐的阳光里无意间被唤醒。它像一道灵光，熠熠生辉，魅力四散。由于惊世的美,便有了"天下第一石刻"的美誉。

这些最古老的石刻文字,带着大篆森森气质,借着秦皇游猎的史事,散发出迷人的光泽。原本是鼓形石上刻的籀文四言诗,说的是猎碣的事。因为上面文字篆法源远,金石气息磅礴,而变得意味不可胜收。

所刻文字,气势如千年苍松般的蓊葱郁勃,而韵味又如百年沉酒一样绵延醇厚。"鸾翔凤翥众仙下,珊瑚碧树交枝柯"说的是石鼓难掩的魅力,而"上追轩颉相唯喏,下辑冰斯同鷇縠"讲的又是石鼓深藏的气味。它集了大篆的大成,又启开小篆的先河,被尊为石刻之祖,吸引着先贤们的慧眼。

石鼓无言,却如一位宽厚的母亲,滋养了一代又一代的书法大家。

吴昌硕先生,就是循着这光泽而来的。他走入了石鼓深处,如梦魇了一样,一走就走了一生。从三十余岁初临,到八十多岁绝墨,终身没有停歇怠慢。

石刻有垠,而力无限,美无界。里面沉潜的韵味,有始,无终。这些石头上刻着的文字,原本与人是有一定的隔阂疏离的。吴老先生沉湎其中,以火热的心潜入了这些冰冷的石头深处,寝抱石鼓,心揣手摩,硬是消解了这层人与石间隔膜。他巧妙地将刚、柔、渴、润糅合在一起,注入了自己的情绪与精神,做成了自己的风貌。脱胎于石鼓的文字,金石味十足,又不失书卷意味,在书法的界域里,树起了一面大大的旗帜,空前,绝后,猎猎漫卷。

几十年的光阴,相对历史的长河,很短暂,而对于人的一生,太漫长。吴先生硬是用了一生的精力,如一头不知疲倦的老牛,勤勉地耕作在砚田里。最后,终于写得润燥适度,老辣

纷披。他使笔如铁,用墨如雨,出神,然后入化。他还原了一个文字之美的真相,让我们睹见了古人用笔、结体的芳姿与奥妙。先生自称老苍、老缶、大聋、石尊等等。这么多号,各种滋味,尽在里头。追逐美,还原美,三生辛苦,也值得。

古人说了,书气,以士气为上。上好的书法,容不得妇人气,近不得市侩气,学不得江湖气,更要不得的匠人气。若沾了这四气,一定会坏了美。先生的书法,恰恰是吸足了金石气质,远离了四气里弥漫的尘俗味,成就了大美。

人们还说,字如其人。点画硬朗,人便硬气;撇折委婉,情就有致。这是有一定理的。与画、与书、与文,都带上了人的心性,上面流露的就是这个人的影子。那么,先生呢?先生就是草木情性下的一身的金石骨气了。

仔细研之,这些从石鼓中走来字,带着金石的影子。气正,味真,态那么足,神又这么闲。凡结体,必修长;说状态,定饱满。气势那样雄浑,意味如此恣肆。一生沉潜石鼓,却不拘泥于古。就连他的行草书里,也一样带足了厚厚的篆籀之风。表面的威里,是含了内质的柔。雪留鸿爪,沙露锥痕。大美就这样被守住锁定,站成了纸上的草木情性、金石气质,成为永恒,任人评说。

你看,先生的字,皆以金石入味。字字如盘虬屈铁,幅幅若断碑坠简。每一枚,犹如金钿跌落,掷地无声,力却千钧。笔画如芝草团云,带足了韧,牵着千金的力,游走在纸间。一招一式,犹如英雄驰在疆场,心里是笃定,足下是淡然。中锋,入了硬质;侧锋,加了艳美。中、侧互助互补,相映相衬。或中或侧,超越了尺幅之囿,让意味变得宽博无垠。如春天的草木的气息,坚韧、峥嵘。

你看，先生的字，白与黑相知、方圆互异、虚与实互补。字字如奇崛的花朵，盛开的疏散错落、黑白有致。刚健里含的是柔和，古拙里参的是工巧，放纵里隐的是收敛。有的雄强带了媚柔，有的古拙参了朴素，有的丑怪中映照着清美，有的古味中滋生出今意。

你看，先生的字，犹如先生一路走来，一步一步，沉着、踏实、不虚。一面是寝守在石鼓里，在金石中汲取着深厚与雄浑。一面是倾心研习，在黑白间寻找着无际和宽博。操翰，濡墨，乐此不疲。上取的是鼎彝之至味，下挹的是秦汉的高古。所写之字，格调远，气味古。尺幅之间，黑白之外，含的是寥若晨星的远古意味，是变幻莫测的万千气象。这里见不到晚清萎靡干枯之风，却处处显大汉盛唐的壮怀之美。

笔墨无言，却浸透了人的情，在默默地述说倾诉。蜕下重墨浓彩的浮华，入眼沁心的，只是生活本来的味道。其实，我们知道的：生活，一直站在最低矮的地方，在抬头仰视，在钦慕向往。先生说了，老夫无味已多时。笔下去，力抵纸背，温暖、枯涩抑或寒凉，如鱼饮水，冷暖只有鱼知道。

人生在世，总难免俗，为了浮名浮利，虚苦劳神。其实这人生一世，就是草木一秋，不过是俯仰之间。不若静对先生笔下的一株花、两簇竹、三瓢葫芦或藤蔓。或许数方印、几枚字，里面的金石气质，草木性情，会让人心变轻。

草木心

　　每一个夜晚，好的如此，最适宜反刍白天的经过，或者在心里找一个恰当的容器，滤去一些硌心的粗粝沉滓，盛放有益的东西。时光走得这么快，日子过得这么重，得减了心灵的重，让自己变轻。

　　那么，随我一起读画吧。

　　吴昌硕先生的画，是携着草篆的笔意，糅杂了真、草、隶的味道，走入了宣纸深处的。

　　删掉了花、草、树、木、石等物的形，减去了具体的颜色，只是率性地取了附着在这些物上的意象，干净、简洁地用笔重绞轻拧，貌似点写涂画间，就将物里潜藏的美丽和深掩的情绪呈上了。

　　你看，羁绊轻了，质感重了，简约多了，烦琐少了。刻意拿捏的匠人气悄无声息地走了，率性写意的本真味坦坦荡荡地来了。就像是一位曾经心里贪多的人，突然就想清楚了，舍弃了不切实际梦想，放下了虚名浮利的重，轻装上阵，活得自然轻松了，性情更加本真了。

　　蔬果花草，都是随手的点簇。神妙和逸气，样样都像是信手就拈来了一样。一通韩信用兵，看似乱点，实则是心中有数。浓重的线条里，夹杂着偶尔的飞白。立时，柯如青铜根如石，根深茎壮，枝繁叶茂起来。松是松，竹是竹，石头更加是石头了。

情绪犹如瀑布,是倾泻出来的,挡也挡不住。酣畅淋漓的感觉,来得这么痛快。画里,物可以入眼,情就只能意会。读之,心里的昏惰气息立消,就像冬天里吃了冰激凌,夏天里吃了火锅,味道是足够的。

藤萝花蔓,狂草里带着篆意挥就。如有千头万绪,纠结一起,四处缭绕。似乎有一种看不见激流,在潜腾暗涌。初一看,若猛虎潜踞。再细看,似虬龙隐盘。大大的力量沉在其间,蓄势,形成张力的气场,待发。藤蔓貌似无序,随性地恣意生长。又似瀑布飞泻,凌空而舞,收放自若。节奏沉着而有力,韵律跳跃而齐整,没有丝毫怯意。

青藤,紫蔓,在纸上,藤是柔韧的,蔓是温润的,活生生地,似乎能掐出里面的汁。画里的藤和阳光下的藤是一样,自由地做梦,幸福地生长。

读着,好像有清泉在心间流淌,万壑在胸中奔涌。内心深潜的情感,随着青藤紫蔓,不断地左冲右突,又有理性在不住地劝解,要隐忍克制,要内敛谦和。

多的时候,人不如一根藤。

藤自由得很,能弯,能直,想曲就曲,想伸就伸,想要多瘦就多瘦,想要多肥就自然多肥了。而人不能,人活得没有藤本真。人,不能想做什么就做什么。不是说吗,木秀于林,风必摧之;行高于人,众必毁之。不说了,这里的理,你一定会懂的。学这画里的藤吧,符合生存的法则,活得就会好些。

而一个个葫芦呢,一改憨头笨脑的样子,多了些邻居家小儿的俏皮和机灵。着了藤黄的衫,眯了眼睛,舒服地吊挂在繁枝密叶间,幸福地睡觉。其实,生活就是艺术,艺术也是生活。再苦难的生活,里面仍然有笑声氤氲。剥开包裹在艺术表层的壳，内核就是生活。

葫芦只是一只葫芦，无论是画中的，还是生活里的。很多的时候，自己是想变成一只葫芦的，尤其想做一只画里的葫芦，不被贪心的人们摘了油焖煎炸，也不用在不想说话的时候被推出来表态发言。做一只画里的葫芦好啊，会少受些被人撕咬的活罪，也不祸从口处，少经些风口浪尖上的疼痛。

呵呵，思想的马跑得有些远了。还是回到画里来吧。

传世的梅花双清、玉兰、苍松红日、墨竹、寒梅冻石图们，自是件件玲珑。真迹已经被当作宝贝，高阁束存。自己能读到的，只是书本里的影印，依然有如故的惊艳，美的分寸不减。

所有花卉木石，因承了老辣的笔，都有看得见的力，透过纸背，潜在纸内。墨与色相生，又相克，制造了矛盾，线与线贯通，穿插，消解了对立。于是，墨的讲究有了：雄强的气势来了，温婉的曼妙近了。美，就格外地养眼养心了。

生活要是画就好了。社会中、家庭里，位置摆正了，相互容让了，关系就融洽了，劲就使一块了，所有的困难就迎刃而解了。这么短的人生，笑呵呵地走下去多好。

荷花、牡丹、菊花，叶子净是浓烈的泼墨的黑，那黑的厚实是一下子就给上去的，朴茂里见得到生命的旺盛。花呢，又一律是用最艳的红，用最明亮的黄，很神采的颜色，靓得让人兴奋。

牡丹图里，花的简，与枝叶的繁，相互扶持映衬。叶子，是最深密的，用重墨泼洒而成，朴茂厚实，密得透不了风；而花，又是极简约，以胭脂红涂写而就，饱满明丽，疏得可以走马。繁荣是足够的。黑，是最黑的，红，又是最红的。红与黑，两种最经典的色彩，在透明的相融，在强烈的对撞，就让花浓艳艳地盛开了，喜气与富贵立时在纸上充盈四漫了。

连画里的牡丹都这样美，难怪有人愿意牡丹花下死，做鬼也风流呢。去了这直教人生死相许的情字不说，想必，爱美是天下所有人的本性，掩是掩不住的。做了这能称花王下的香魂，想必也是再美不过的事。

白和黑的相融与对比，让画有了墨玉的质感，似乎伸手可触到花瓣的温润。素面粉黛浓，玉盏擎碧空，何须琼浆液，醉倒赏花翁。诗词里这种微醺的醉意，我是有的。那种纯净里的芬芳，应该是每一个人内心深处的向往。

墨竹，竹秆像篆书，竹枝如草书，竹叶似真书，竹节若隶书，风神摇曳。顷刻间，竹子的清气就在纸上温婉流转了。人若如竹，节、气就都有了。贪心的我，原本是想做一株兰的呢，可是仍见梅爱梅，见菊喜菊，见荷赏荷，见了这画里竹子，就想做一亭亭净植的竹子了。

梅图，全用篆意写就。纯水墨的，线勾梅，墨染石，白是白，黑是黑，无杂色污浊，干净，清澈。用墨，奢侈是适度的，节制也是合情的。而设色的，更是红黑相生。枝干盘曲遒劲，梅影婆娑生姿。纸上梅端开，无论红梅、绿梅、雪中梅、月下梅，梅梅都活色，梅梅皆生香。

至于兰，自然更是透彻的清味了。兰图，枝柯花朵全部的以篆籀之味一气写就。线写兰，不设杂色，如美玉琢成，晶莹剔透。在花中间随意点些藤黄，权当作蕊，无意间早已是芬芳萦怀，清味袭人了。

郑板桥亦擅画兰、竹、石，自称"四时不谢之兰，百节长青之竹，万古不败之石，千秋不变之人"，如果见到老缶笔下竹的兰、石、竹，不知会不会也被惊到。板桥先生"克柔"，昌硕先生"尊石",以俗入雅,或者以雅入俗并不是泾渭分明的孰是孰非了。

无法而法也罢,有法而法也罢。好的东西就是这样,教化我们内心向善向美。面对坚强,自会坚强,面对纯净,自会纯净。

苍松红日,依然是黑与红两色,强烈的对比,就将阳光的温暖和煦与百年老松的苍劲葱郁尽显了。沐浴在这样瑞祥的阳光下,松树一定是幸福的。自不必说知恩图报的人了,一定幸福地晕眩了。万物生长靠太阳。幸福,其实就这么简单,只要有阳光,生活就会有盼头。

紫藤、枇杷、石榴,也都是平常之物,到了他的手下,却似乎有神在点睛,就不寻常起来。

一口气,读了这么多,赏心,悦目。江南杏花春雨的柔媚远了,关中西风塞马的强劲近了。脚下是高原,接的是地气。有了力的支撑,可以直面夜的虚无了。

曲终,人散,而美留下了。厚重的东西,就是这样,养人。

行 书

  和喜欢雪山和草原一样，一天天地爱上白纸黑字，并钟情行书。在梦境的最深处，觉得宣纸就是铺陈的草原，而行书就是那草原上盛开的花儿，就是那清晨鲜嫩的酥草，就是那滚动在青草尖上的露珠。

  藏区的人们，沉湎歌舞，无关贫富，甚至无关喜乐。有人的地方，就有歌舞。锅庄舞里，肢体灵动柔软，自由舒展，风情曼妙。把生活当作歌来唱，将劳动当作舞来做。体悟的是善感，表达的是乐观。向美向善的情绪，在草原的阳光下，在雪山的风里，自由伸放，自然地倾泻，美得让人深深震撼。入眼浸心的，分明是灵魂在舞蹈，热烈、鲜活、灵动。

  时常在曼妙的锅庄里走神，有韵味的舞动总让自己想到行书。一直在寻找并痴迷着这样的音乐和舞蹈，而行书，恰恰以这样高贵和典雅，满足着梦里的渴望。似乎分明看到了字的灵魂，它托体于行书的形式，徐疾有致地旖旎而来。

  心爱的行书，是在汉隶端端的梦境里醒来的，穿越草书放浪形骸的烟云。又在魏晋的萧风淡雨里优雅走过，并蓄了盛唐的不拘与自由，自然而然地舍弃了部分正书的规矩繁难，去掉了一些草书的狂放难认，以中庸的方式自由舒展，敛放自若。最终，在撇规捺矩、横招竖式里，左映右带着就走出了行书的范儿。

  它从楷书中走来，加上了形体和速度上的变化，与楷书相

兰生有芬

间流行；又取了草书的飞动，放慢了节奏，敛节了一下放纵，从草书抽身而回。行笔时，增提了楷书之缓慢，又消减了草书的迅疾。笔势上，修弱了楷书法度的森严，又补救了草书的些许潦草。于是，行书，比楷书多了灵秀的飞动，比草书少了些荒率的性情。取长补短的理，在行书的表现上宛若天衣自成。

读行书，似乎总有《西极天马歌》萦怀。你听：天马徕兮从西极，经万里兮归有德。承灵威兮降外国，涉流沙兮四夷服。其实，行书，恰如这荡气回肠的歌啊。美好的行书，分明有着天马的不拘与敛约，风掣，电驰，英姿飒爽地踏踏而歌。

永和九年三月三日，王羲之满怀激情，笔走龙蛇。一支鼠须笔，一张蚕茧纸，俯仰之间就让行书的笔墨花开灿烂。开成了中国书法园里一朵最美丽的葩，并渐次在世界范围内摇曳芬芳。

《兰亭集序》，犹如清风出袖，亦如明月入怀。二十八行，三百二十四个字，字字若珠遗素锦，清丽烂漫。整篇势劲，乍看，似有游龙飞跃过天门，铆足了劲。再看，又如是猛虎静卧于凤阁，蓄够了势。二十多个"之"字，七个"不"字，如环肥燕瘦，个个生姿。美就那么高蹈地舞着了，一代"书圣"从此雍容出，天下第一行书自此成。此后，行书更如雨后的春笋，破土，生长，势不可当，节节呈高。

《祭侄稿》里，以最尖锐的悲愤和疼痛，裹挟着最异样的美丽，如清流激湍，伴着铜锤铁鼓壮阔而来。通篇的字雄健刚强、气势磅礴，似有地动山摇的悲愤。来看啊，这藏锋逆入、正锋行笔，这润笔沉重、枯笔纵逸，气势多么惊人。字形，时大时小；行距，忽宽忽窄；用墨，倏燥倏润；笔锋，忽藏忽露。沉痛的情绪在纸上恣意漫溢。恍惚间，似有二泉映月耳边漫过，又如命运交响曲悲沉四起。至"呜呼哀哉",如大秦之腔,节奏达到了高潮。起首是凝重的痛,篇末是忘情的纵。以文说,以墨哭。这美的气象,是和着泪水来的。

而《寒食帖》呢,叙的是黄州清苦。清明时节,乍暖还寒。清雨,若绵绵愁绪,扯不断,理不清。此情此景,字字饱蘸了情绪,一点一横,一竖一捺,都是带着心底里的愁苦而来。点画线条,因为情感起伏,而跌宕变幻。读来,悲悯心生。流放的中年,心里长满深秋里的苍苔,所有的路口,似乎都是幽深的暗门,萧瑟里,尊严落地。清明前后,习临此帖,心里总有寒雨纷至,似乎有阿炳在雨夜里拉起了《二泉映月》,声声哽咽。天上有雨,心里也下雨。读之,习之,皆尝到苦雨的滋味。人生的谷底,书法的高处。高处怎胜寒!这美的格调,又是裹着凄悲来的。

三大行书,如三座高峰,把美写进了光阴深处,饮誉世界。此后,行书的花儿处处盛开,风情楚楚。

你看,在松风幽兰里,黄庭坚舒笔四展,长枪大戟里尽是刚强挺健,浓润枯涩变化里,倾泻而至的是珠光玉笔的华美。蜀素苕溪里,米芾下笔凌厉,风樯阵马,快剑斫阵,若有翩翩春风少年,带着晋人遗风又任情放纵。而蔡襄笔下的行书呢,宛如二八妙女,体态娇娆,步履娴娜。到元代赵孟頫笔下,就是流丽娟秀,字字可爱了。他的行书更像是一个经了些生活风雨的美人,少了媚的轻,多了质的重,亦步亦趋间以平静和顺、温润娴雅走出了富贵清丽的气质。而明清以来呢,文徵明的曼妙,董其昌的灵秀,至于王铎、刘墉等诸多腕儿,更如二月的花儿一样,标新立异,异彩纷呈。

看字帖,品行书。好像有风,从抓喜秀龙草原上拂过,若有流云，在草原瓦蓝的天空游弋，又似乎有天籁，从洁白的流云间轻轻泻来。无声地律动，让原上的酥草深情低眉，野花婉然顺眼。

云下，风中，梦里，所有的花草都在自由地吟唱舞蹈，似乎散漫无章，却韵律齐整。歌，是属于阳春白雪的，舒缓里织着激越。而舞呢，就是着了藏裙的卓玛在深情摇曳。恰如行书，也是轻歌和着曼舞啊，里面是楚汉风、晋唐气、明清质，浅素里和了明艳，在天、在地，与山河水光共生辉。

爱着歌舞。爱着如歌舞一般的行书。

其实啊，这行书耀眼的美，说穿了就是性情，着上了黑色的衣裳，真真切切地在纸上妖娆。就是纤指揉着坚冰，让黑线在纸上的起承转合。笔，柔软无骨。而力，却抵千钧。在臂腕的运作下，委婉而坚定地表达对美的认知。美得耀眼，安和而极有分寸。

其实啊，这行书，就是一页页散文，至情至性的。如果书法也是人的话，行书当属性情中的人，只不过性情的合乎分寸。

如果日子如同写字一样，真想把日子过成行书，温和、热烈，安稳。也想把自己，幻成一枚枚行书，在洁净的纸上如且歌且舞，若流云一样随意舒卷，遵从了恰好的法则，适情合意地活着。

俯仰之间

晨升，暮落，夜与昼交替，光阴就这么来了去了。不知何时，不经意间，喜欢上氤氲笔墨。

操管弄毫，笔运、墨行，黑与白相融，时空就这么消隐放大。笔与纸在互语，黑与白在消长。俯仰之间，枚枚黑色的花在洁白中绽放开来。

喜欢书法，始缘对兰亭的敬爱。初见《兰亭集序》墨迹，是唐人摹本。即便如此，仍触得到渗进纸张的**清朗俊美**，听得见流觞清音。横、竖、撇、捺，使锋之美妙，可意会，却不可言说。三百余字，字字殊异，圆转若珠玑，劲挺如令箭，俊朗像春松，清和似秋月。

永和九年的春天，山明水媚，名士雅集，借兰亭修禊之事，临流赋诗，抄录成集。右军为之作序，文洒点画，墨凝辞章，瞬间成就天下第一。通篇文作肉体，字幻灵魂，文华与墨彩珠连璧合，相依生辉。行云不羁，清流婉约，曼妙与随意浑然天成，光华四射。山水、集会、流觞、快乐与苦痛交织消融，俯仰之间，均化作枚枚的黑字，在纸上细说。内容与形式，契合成无缝天衣。

如果一个人，想让灵魂与肉体如此完美的结合，又该是怎样的境地呢？

千载之间，完美如初，谁能拒绝？又如何不陷落？

梦魇白纸黑字，日月消隐，依守一生。是啊，如何拒绝？

你看，或碑或帖，都是一个个大美的力场。线条互映，字字相生，经意不经意间，安放着美与力的散发点，灵光四溢。横如千里阵云，竖如万岁枯藤，点如高山坠石，撇如陆断犀角，捺如崩浪奔雷，折如百钧怒发，如此的臻善臻美。碎玉壶之冰，烂瑶台之月，婉然若树，穆若清风，又是这样的魂牵梦萦。

细细赏读，或列霞排云，或散花霰雪，都美得教人灵魂屏息，如饮兰尝菊，似含英咀华，向往得欲罢不能。

秦碑的劲、汉碑的厚，以石刻与简牍的形式，肃穆而轩昂地端坐世间，形成高原般强大的气场，雄浑庄严，沉静厚重。而晋韵、唐法、宋意、明态、清质，都是花雨在云端间的舞蹈。

咫尺之间，黑墨在白纸上静静地开花，干净澄明美妙。黑字，向外。白纸，向内。陈兵列阵，形成隐形的气场。黑白相生，内盈外虚，于是风行雨散，墨色开运。行间玉润，字里金生，美就是这么不朽的吧，她让我们留恋，忘返。

世间芜杂，而笔墨风华绝代。她绰约在世间，涤濯着世间人们的性灵。

雪小禅老师说，你疼也罢，喜也罢，光阴一天天变老。

是啊，人心喧躁的世间，你得自己在光阴的缝间寻找平衡的支点。

美总比丑好！应该爱上了白纸黑字。看美好的东西，做美好的事情，学美好的人，让自己心定气闲，该是件多么美好的事。

朝晖夕阴，纸笔厮磨间，千年光阴倏然在四季里滑过。习书者多如牛毛，而成者凤毛麟角。走近这里，结果其实已不重要，过程，就是最美的享受。

徜徉在先贤的笔墨世界里，纵横之间，尽是金石玉质。钟鼎、简牍、碑刻、拓本，难言各自之妙。神采、气韵、意味，更是可意会不可言传。眼力所及，润含春雨，燥烈秋风。这便是美的气场。

秦篆汉隶，款款端坐。在甲骨上、在青铜上，在石壁上，风神猎猎，为秦汉留下大气的书风。秦篆风骨嶙峋，几千年的风雨没有剥蚀掉其楚楚韵致，圆转的线质，用画的形式，布阵秀美、华丽。泰山石刻，寥寥数字，却华美无比，美到高处不胜寒。隶书三百年，东汉时最盛。它形制稚拙、劲健、朴厚，意境雄浑、古雅、辽远。曾栖身竹简、木椟、石碑，承演让人震撼的美。习好它，定要有一份宽博的心，要写出金石般的厚重与底气来才是。

猛厉峭拔的魏碑，笔锋如剑锋。上承汉隶，下开唐楷，接续着魏晋的灿烂元气，昂然独步。似乎是走过百年孤独、仗剑走天涯的侠客，灵魂里跌宕着孤傲。字里字外是粗狂刚正，弥漫着磅礴、峻荡的冷峻，还有兵器交错的铿锵。一定要把持住它大气高远的正味，才能写出它的沉着冷静。万不能写出挤眉弄眼或搔首弄姿的轻佻，尽显猥琐气息。

楷书，亦称正楷，真书，正书。它是字阵里的楷模。横平竖直，方方正正的，最能代表中国。它是规矩整齐的，更是庄严肃穆的。每一笔，要交代清来龙，更要交代清去脉。九宫格里布局的，是尺度，也是规矩。一是一，二是二的规范，永远得去敬守。细研，那一横一竖间，貌似方圆正统的严谨后面，实则多了些敛约、节制。能担当起字中楷模，完美得如同黄金分割，端庄到让人噤言，自己的三魂七魄似乎都早早地交了械，俯首臣服了。

至于行书，那是书信和册页中飘然的旧墨，是三百枚橘子，是鸭头丸，是春夜里的一把鲜韭。看来，美不仅是天上人间般的高蹈，也这是俗世里烟火啊。

相比之，草书就是江湖里的老大了，行为狂放，噱头十足。它时而重若崩云，时而轻如蝉翼；有时静如处子，有时动若脱兔。它狠狠地放纵，自由不羁；又地悄悄地节制，收放有度。颠张狂素，写出的就是草书的狂气。提笔，落墨，刹那间，平正险绝里便是烟云缭绕，落霞与孤鹜齐飞了。据说，中规中矩的人写不好草书。也好，我们就任胸间万千汹涌波涛，喜怒不形于色。

凡事适度。活人如此，写字也如此。写生了，难臻妙境。写熟了，又易堕凡俗。至味的美，应该生熟相宜，生的不过，熟的适时。

心里上好的书法，一定是温穆的。貌似无羁而纵，实则稍纵即敛。要剑拔弩张的刚坚，更要以柔克刚的隐忍。刚柔相济，张弛有度就是美的最好分寸。即便是流水清云样的行草书，也该有七分动三分静的气质，那才算真美。过于飞扬，定会显得浮躁。

火气太大的字，就如气过盛的人一样，会少了些质的典雅。而过于病态和纤弱的，却有效颦之嫌。明明是壮士，不能有二八女子的妍丽秀美。明明是女子，你不能如旋风李逵般的粗犷莽撞。上品的字，浮巧轻媚要不得，华丽繁缛取不得。要的是韵、是味、是气。

深爱晋人的小楷，因为它宁静散淡，美的质朴。没有喧嚣，没有浮华，只有沉香般的静气是缓缓而来。竹林清雅，高人散落，淡味、清气自然而得，无丝毫多余肥厚。

美就是一个度啊，增一分偏多，减一分嫌少。知白守黑，是书法之道，也是做人之道。懂得知与守，就懂得了收和放，更懂得知足与知不足。拙稚之守，中和之美，从艺之善与做人之美是如此的异曲同工。

北书刚强，南书蕴藉，各臻其妙。尽管世事沧桑，人世坎坷，书法，却一直娉婷着以美好的方式雕镂人心。

其实，书法之妙，是给了我们这样的道理。那就是用至简的线条，去表达丰富的内涵。唯有在籀篆楷隶法理间把握好度，才能有行草般的自由灿烂。要成，难。要大成，难上加难。

人的一生，何尝不是如此？生活一直在低处，而灵魂却高高在上。

先贤说，志于道，据于德，依于仁，游于艺。俯仰之间，我们操管濡翰，在黑白中让精神抵达安宁。

柔和淡然花散地

人生处世应如雪，柔和淡然花散地。我读王先林老师的书法作品集时，这句话突然就闪现出来。也许，这就是他的书法作品呈现出来的气质吧。

这是个快捷便利的时代，书法热潮迭起汹涌，有关讯息也随时扑面而来。各类书法作品环肥燕瘦，让人目不暇接。无意中，见到王先林的书法作品集，瞬间，就有了沐在春风里的舒畅、宁静与清醒。所有的作品，如春兰，似夏荷，若秋桂，像蜡梅，就那么安静地美着。美得理性，安和，温婉，宁静。

《艺概》里说："书，如也。如其学，如其志，总之曰如其人"。书如其人，道出了书法作品艺术创作中的个性特征，也就是所谓的书法风格。我们也常说，字如其人。一个能写出好字的人，其身心一定也是向美向好的，也理应与美丽契合的。

书法的美，讲究圆、通、润、厚。圆是书法线条表现出来的质感，通是线条传达的气息，润则是墨色的温雅，而厚则是指作品所含有的气场。书写者的修为深和浅，表现在书法里就是气场的厚与薄。确切地说，就是经过不断的厚积后自然折射出来的整体修养。

书法，作为一种文化存在，它是与我们国学精神相应合的。作为传道、授业、解惑的师表，王先林深谙其道。读他的作品，字里行间里是对传统的恪守。手腕功夫的不断修炼，加上心灵的不懈贴近，表现在作品里的气息是严正、雅致、纯净和温润。

所谓的神浮、气嚣、质燥、味短的诟病，这里几乎看不见。

作品中，我们看不见虚张的造势，也见不着乖戾的点画，或刻意的结字安排，更看不到着意墨色的变化。入眼的，只是一种有板有眼、中规中矩的平静淡然。读之，如晤一位历经岁月淘沙去泥后的友人，没有高谈阔论，没有豪言壮语，只有平静地娓娓道来，关于生活，关于美。相比时下，他的作品已经悄悄淡然了，这是一种先知先觉的可贵。"绚烂之极，复归平淡"是一种至味的境界。先林年轻，就如一棵春天里的树，葳蕤，更似一株夏日里的花，灿烂。我们一定相信，在一步的坚实接了下一步的坚实，扎实的努力续上了更加的扎实努力，秋天的绚烂一定不会太远的。

作品里的用笔简洁明丽，线条匀净利落，节奏不激不厉，显出作者从容不迫的心性。结字、韵致源自帖学的滋养补给，变化、气息来于自己的博采众长。他手下的字在欹正、疏密、大小、纵敛、参差、错落之法理间从容游走，在点、画、横、竖、撇、捺的规矩里摇曳绰约。这里看不到狂草的激情宣泄，也没有行书的逸笔草草，缓缓而来的只是行云流水样舒缓的笔调，散逸匀净的结字，气息像是无垠的草原上流动的牧歌，辽远，宽绰。用笔上尤其注重细节，笔画入微，细致，精到，没有过于明显的破绽。能做到这些，缘于先林老师内心体验的细致和手腕动作的精到，是手上的功夫与心灵吸纳的日积月累，是灵魂和身体的互相不懈地接近。老子说过"慎终如始，则无败事"。用笔上的细致，体现习书时的仔细和严谨，这是细致活，是真功夫，容不了一点假。自始至终，白纸黑字，它们一直在严肃认真地说话。

从美感而言，他作品的也是很美的。无论布局、章法还是

留白,都是弥散着一种不经意里的经意。纸色的选择,墨法的浓淡,以及线条的锤炼,虚实的表现,都是经得起推敲的。他对法帖深入研究,长期苦心临习,加上执着的钻研实践,他笔下的字,大到字与字的比例,小到一点一画的敛放,都是秾纤得衷,修短合度,轻重得宜的。字字比较养眼,给人以美的抚慰;件件作品气息安和,让人平静淡然。

写字上升到创作,给人的感觉就是源于心底的敬重。原本,是没有书法创作的称谓,民间闾巷,人们习以为常,都很轻松地称之为写字。其实,这应该是书法的常态和本真。心放开了,手自然也就放开了。自己无私心杂念地写,忘了自我,心态、手态都是轻松的。剑拔弩张的紧张没有了,笔下自然就呈现的是一种虚和淡然。最大的雅致,应该就是一种自然状态下的放松。王先林的字里字外,给我的感觉也是庄重与严谨。但是,那是一种安静而自然地书写,无论书写笔迹还是表现内容,都从容不迫,散淡平静。所有的笔墨温和而润泽,使转悠游而温婉,气息缓缓而激越。一律是自然地开始,自然地结束。这样的作品前面,赏字的人是屏气凝声的,更是神定气闲的。读者与作者,双方都是认真而轻松的。不让自己在书写中心疲情惫,不让读者在忙乱里神浮气躁,我想,这已经升为一种境界了。

人们说,从魏晋书风里学书,作品自然就有虚和萧散之气。其实不然。有人学帖,很温婉的帖上气息,却被学得有些乖戾暴躁,破坏了一份安稳的美。王先林的字里行间,显现的是平静纯净的美,漫溢的气息是安和的,让人心里温暖幸福。也就是说,他已经软化甚至摒弃了夸张变形,而吸收了中和之美的彬彬雅致。读他的作品,是一种亲切的熨帖。就如宣纸上缓缓渗洇的墨香,低调,不恣意,却执着弥漫萦绕着一种气息,久久不散。一个人的作品气息与他临习的帖有关，也显示了他吸纳的深浅与接近的距离。当然更与他自身的气息相关。我与王先林不曾谋面，但似乎能从他的作品里看见他情性。我一直测想，能写出这么干净安静的消隐了火气的字的人，一定是有了一定阅历了，也一定是经过性情的调理的。

无事时，喜欢在一些书法博客里转悠。路越走越长，心越走越静。这是在王先林博客里写的。我心为之释然。至深的境界，唯有至简。先林先生已经意识到心静与路远的理，也一定是悟到静是艺术上的上乘境界了。那么，他一定会不急不慢、不愠不火地写自己的字，做自己的事。

在白宣黑墨搭建的素洁世界里，一个人的经历犹如一棵树的生长，越长，根扎的越深。欧阳修说过，"夫畜于其内者实，而后发为光辉者日益新而不竭"。对于一个真正的书家而言，路，一直是漫漫而修远的，上下不息地求索是一生一世的事情。书路，是雄关，是漫道，天天需要从头越。那么，就让我们的心更静些，字写得更厚实些，作品气质更完美些。

读画记

　　寂静的冬天，寂静的夜，在寂静的灯下，寂静地陷落在《奥登的画》里。画集，让几近静态的时光有了几近奢华的消受。

　　李生云先生《奥登的画》，是继他的《李生云的画》后的第二部画集。作品集分奥登绘画作品、绘事评论、诗与画、奥登常用印四个部分。本白偏浅黄的布纹纸的封面上，极简地缀着四个银色的字：奥登的画。为其师杨立强先生所题。入眼即是汉缕样的朴简，浸心的是通澈、澄明、安静，恰如先生天天面抚的素宣和经营的留白。

　　其实，在读此画集前，我是熟识李生云先生的。

　　因在同一楼办公，在过道，时有生人劈面就问，牦牛在不在？已经很久了，人们提及李生云，必言牦牛；说牦牛，必提及先生。犹如鲁迅与周庄，沈从文与凤凰城，腾格尔与内蒙古，早已是约定俗成的如影随形。也许，用"李牦牛"或"牦牛"取代了他真名，是水到渠成再自然不过的事了。

　　李生云先生善绘事，侧重写意牦牛。

　　那些水墨牦牛们，踩在雪地一样的素宣上，一步一步，笃定地走来，渐渐地与人靠近、对接。也如同先生一枚接一枚风格迥然的印章，一下一下，稳稳地钤在人心深处。而他设计的华藏广场上的雕塑《藏地神牛》，站在坚实的石基上，迎风而立，蓄日纳月，一天接了一天，执着地抵入人们的心灵。自然而然，他的山水、花鸟等画也随着放养在宣纸上的牦牛们，一天一天地走进人们的视野。

光阴如水，几十年漫漫溰溰。从《李生云的画》到《奥登的画》，盛放的是一个绘事者思想与技艺成长的过程。这个过程里，一幅幅水墨画作，就如蒙太奇的长镜头一样闪变，拉长，变短，缩短现拖长。雪山，草原，寺院，村落，经幡，白塔……如梦里样的宁静安谧。纯净的雪，温情的牦牛，祥和的红日，暖意氤氲，扑面而来。

先生画牛，美在简约。每一幅牛画，均是纯纯的水墨，简简的线条。除了线条，除了黑白，无他物映衬，无渲景铺垫。犹如京剧，舞台上不设多余的布景，至多搁几张桌椅。剧情里，开门无门，牵马没马。虚处，就是实；假中，就有真。妙处，尽在掌握了火候的度。

看先生画牛，使笔横扫，笔起墨落。把笔运锋间，架势恰如王铎写字，一幅掀起脚，打筋斗，驾着云雾向空中行快活恣意。笔锋变化中，一连贯炉火纯青的腕下微妙的动作后，一头、两头、三头、九头……活脱脱地，牦牛们就跃在纸上了。似乎无意计其工拙，初写如郑板桥书法，貌若粗头乱发，乱石铺街，实则行隶草笔意随意杂糅，最终在错乱疾闪飞动中依取了中和之美，画面终究是显出不疾不厉的温和、端庄、敦厚的美来。其笔下之厚，得之于内养。

先生笔下放养的牛们，安静，雄健，低调，高亢。

这幅，雪样的净宣上，一头墨牛，披云激电，破空而来。犄角，若两弦很韧的弧，悬起轮火红的太阳。愕然之间，幸福扑面而来。这样的霸气，美与不美，你说了不算，交付了牛自己说。

兰生有芬

那幅，淡墨、藤黄、花青铺就了草原的绵软，白牦牛敛去了野性子，温情地摇头摆尾，宛然藏地上的卓玛扭腰拂袖。瞬间，分明觉到牛在吐气若兰，而草原已经一地芬芳。

让自己心生欢喜的这张呢？远处，若有似无的淡花青勾勒了冷寂的雪山；近地，深黄浓绿的藤黄石绿渲染了温情的草原。入骨的清寒里，那柔软草地的上，端踞了一头雄壮的黑牦牛，像圣山的护神，犄角如刃，气定神闲。而挂在画左的那枚闲章，如一枚玉，雕了篆文"神牛"，红白相称，给画点了睛，提了醒。太喜欢，这画里的意，这画里的情。有山在，孤独显得苍白了；有草原在，温暖就不会远。只要生命在，世界就永远在。画里画外，有着佛的禅意，硬生生地让你情动了。

先生的画，美得温暖。他系列的画，都以白宣做地，以墨色当主，画风清澈，干净得没有浊意。偶尔缀以中国红，或简单补些藤黄、赭石等暖色，至多点些花青、钛白，增了高原的寒意，衬了牛的英气。黑牦牛，红太阳，对比里营造冲和，情在温暖，意在安和。

很多人喜欢先生的画。甚至，据说有些人购了先生的画，是为了转运的。当然，我们明白，这只是更加实在地说明了人们内心的欢喜和满意罢了。先生也极喜欢以"牛转乾坤""红运当头""牛气冲天""牛七来"等吉祥语题画，其实正就如那牛头上方悬起的一轮红日，只是先生将心里的一份温暖送给了雪地里的牦牛，也把最实在的祝福送给了爱画的人们。在尘世的光阴里，他一直在用心用情种植友善，放养祥和。

生活也许在低处，但精神却一直站在高处。

藏地雪域，自然环境的艰苦有目共睹。高原上的一草一木，一山一水都负着重，都承载着坚韧。这种不可回避的自然之苦里，牦牛，却如一种神灵，平静，淡然，用佛样的态度不卑不亢地活着，用毅力对抗光阴。

几十年的光阴里，先生亦如雪地里的牦牛一样，生在高原，长在高原。一日一日，与牛对晤，坚韧地画着牦牛，画着与藏地牦牛相关的山、水、草原，认真，执着，渐渐有了佛样的担当与平静。日复一日，用朝圣的笃定，用细锐的笔调，把画牛融进一种生活，以写牛解读生活。某种意义上可以说，在用牦牛的灵魂，承载起人的灵魂。

读先生的画，似乎读到他另一个世界里自己的灵魂。也许先生已归平淡的心境里，牦牛早就已经成了人。于是，牛与人，心息相通：不会说话的水墨牦牛，在宣纸上养活了，站在洁白的纸上说话了。雪山、草地、庙宇、阳光、石头、河流……一系列温暖的意象，让寒冷的雪域藏地有了静谧、温馨、浪漫、暖和的味道。

有些东西因为芳香而衍生出了文字，有些东西因为文字而芳香不已。花开为梦，蝶来为香。各路才俊因为先生笔下的牛而情感共鸣，他们的赏品文章，又像是一盏盏醇酽的茶，醇厚、温暖。他们指尖拈花，笔下莲开。先生的画是花，而他们的文字是花上的蜂蝶。懂得，才能吸引。在俗世的江湖里，他们卸下喧嚣纷扰，沉浸在画的气息里，不激不厉，如煲老汤，缓缓地渗进了先生的画作深处，抵入先生的心灵软处。让文字与先生画一样，风清而骨峻，生动而美好。

古人说："艺之至，未始不与精神通。"

这恰恰是文字的妙处，更是先生画的妙处。他们是鱼，他们是水。鱼与水，冷暖自知，互相懂得，并互相愉悦。也许，这些先生们，品画时，一定是焚了香，沐了手，静了自己，再

兰生有芬

净了世界，才文火细炖地和山水对语，与牦牛交情，才心神渐进地让字里行间中漫溢出懂得的温暖。

风物长宜册

藜麦锦绣八月天

八月的松山，秋光格外迷人。

白露为霜后，地寒渐次而重。风轻云淡间，所有的绿意似乎一夜间变的薄浅，漫滩的草色半青半黄，如一幅泛旧的油画。

大片大片的青黄，介于柠檬与橄榄的色彩之间，漫漶成一个橙黄橘绿的湖面。青黄如水，淌过牧场，滑过山坡，又悄然地停歇在远处某个山的低洼处。似乎有谁在蓄意地安排，刻意地铺排了这仲秋的场面。

天高，云阔。松山草原，大野静谧。盈怀而来的，是一场沁凉的微风。一株一株的芨芨草，连成丛，挺起了坚硬的细腰，随风轻摇，努力地长成水畔芦苇样的风景。总喜爱清冷胜于热烈，在这样的时刻，与这样轻松的微风相遇，顿生闲闲的适意。

金秋阳光的暖调里，草木青黄，藜麦绚烂。

苍茫松山，藜麦在野。田间地头、缓坡低洼，万千株藜麦，若水汪洋。七彩缤纷地，若云霞绚丽铺陈。似乎有激情而富足的画家，随意地将藤黄、花青、朱砂、赭石等诸多的颜料调和，恣情肆意地泼洒。大地如一面展开的巨幅云锦，正姹紫嫣红、张灯结彩地美着，漫天漫地地扯开年节里才有的欢悦和喧腾。靠近或远观，都觉天地欢欣，人间福满。

造化真是有趣的神。如果一个人，穿红着绿，配紫缀黄的，一定是大俗了。可这藜麦，赤橙青黄紫的，却是非常自然的和谐大美。不同的色，带了不同的情绪，以不同的排场，尽情铺

开。红的，黄的，绿的，紫的，颜色艳正，造化浓情得如一阕宋代的词，一首唐朝的诗。这青天白日下，这朗朗乾坤里，生命原始而本真的力，深蕴并穿透其间，处处便皆是万物生的欢喜。

金风玉露里，那些蓝花花的胡麻、红花花的豌豆、绿穗穗的燕麦都随着节气渐次隐退后，三万亩藜麦热烈烈地披红挂绿，隆重登场。长天大地之间，万亩啊，以惊天动地的气势：清风徐来，枝婆叶娑，如有千万匹天马从大野深处隐秘而来。

八月的藜麦，褪去了夏日缨叶的所有青涩，宛若已经过了二八的女子，脱胎换骨地闪进桃李年华，华枝满春地在松山滩上赤橙黄绿青紫，持起彩练当空。南美的浓酽风情依旧，那眼若桃花的美艳，这美酒半醺的风情，都是自带的，如印，老早就拓在骨头深处的最底部了。

大野之间，万千藜麦，一株株，绚丽得像是刚刚从汉唐里走来的曼妙女子，一律着了霓裳华衣，翘袖，折腰，委蛇姌袅，柔身若环。姿婉态妙地沐着清风妖娆而舞，时而搦千腰而互折，时而嬛倾倚兮低昂。

在松山的天光地气里，成块成行的藜麦，长成这个季节里高原上的一页页锦绣。任意择一块，就是一幅绝色的画。远看，一畹，二畹，三畹的，皆是如丝如绸，如绫如罗。真想，扯一片，随意披在身上。风吹罗衣，扶摇而美，在浩浩大野，和着磬、缶、鼓、筑的音，与阳光一同明媚。近听，一株，二株，三株的，都似低吟浅唱，轻音软语。真想，唱一阕，那公元前的诗三百：藜麦青青，清扬婉兮；藜麦依依，岁月静好。

高原上的时光如漏一样，缓慢地过。长冬无夏、春秋相连的日子，让光阴有些单调和寂寥。恰好，这藜麦，如一个远嫁的美好女子，被草原迎娶成新娘。带着春花夏荷的容貌，带了清风明月的情怀，跋山涉水地从南美地远道而来，在松山落地生根，开花结籽。

如此，如此。在松山这块广袤的大地，草原与藜麦相濡以沫，忘了江湖。粗粝的松山，适宜生长磅礴大气。而温婉的藜麦，性情随和，如贤惠的妻，甘心地随了夫君，安身立命。粗犷与细腻，坚硬与柔软，在草原深处不动声色地相融靠近。在二三千米海拔的高原上，安心地生根、发芽、拔节、抽穗。与高原上的子民一起，耐寒、耐旱、耐碱、耐贫瘠，终是坚韧地完成使命，变得籽实饱满。

松山，质地薄凉。所谓的雨水丰沛，所谓的花团锦簇，都只是曾经心里驻着的梦。植物的枯荣，短得似乎只是几步间的工夫。物种单一、色彩单调，是固定的注释。可是，这原本的寒山瘦水间，藜麦还是兀自地美开，婉然地辟开了一个高原深处的桃花源。

其实，农人不是观光客。这春耕为稼、秋收为穑里，勤劳是天底下最聪明的生存方式。松山大地上，万亩藜麦绵延的是磅礴的背景。这里，藜麦敛首，农人弯腰。在诗人的心里，一茬藜麦就是一行诗。画家眼里，一田藜麦自成一幅画。而在自己的心里，那一垄垄的藜麦，就是一份份饱满的收获与幸福。

秋野里，千万株藜麦安然蓄积，静候收割。微风过处，藜麦的叶片飒飒轻响，似有宫、商、角、徵、羽的音在曼妙轻和。轻微的恍惚间，觉得自己也着了素缕样的布衫，就那么衣袂飘飘地走在公元前的诗经里，长成一株枝婆叶娑、籽实饱满的藜麦。在春秋的草木间，低吟浅唱：

野有藜麦，零露溥兮。邂逅相遇，适我愿兮。

穿田而过。明亮的光线透过浓密的叶隙，光影斑驳。成熟的藜麦穗部类似高粱，穗色呈红、紫、黄、绿。高过人头的株秆上，赤橙黄绿青地，五彩纷呈。一个个枝株蓬勃的藜麦，如同一个个有孕在身的母亲，姿态高贵。健硕的身子，紧裹着累累的籽实。色泽鲜艳而招摇，籽实饱满而沉重，这种坚韧与娇艳的反差与结合，感受到一种质感的品质。相形之下，更喜欢后者：一副籽实紧拥、低眉敛首的安然。似乎人世的好日子终于有了主，就此心安理得，岁月有序。

细想，这红、黄、绿的热闹，只是表象。那低眉敛首的籽实饱满，才是真相。让人惊异的是，作为庄稼的藜麦，开出了花朵的美好，又长成了树木的精神。在自己的内心深处，亦早已将藜麦与黍稷归置一起，多了份感激与尊敬。

自己也是中年了，也希望做一株色质俱全的藜麦。

藜麦在侧，丰腴，葳蕤。这一刻，极想拟了莫奈的画风，绘出光影里藜麦的斑斓。不要具象，只要那份缱绻氤氲的植物朴茂意味。也想学学丢勒的，想把《大片草地》里最近景的主角换作这高原上的藜麦，让这松山滩上的藜麦也做回天堂里的美草，在人世间妖娆。

问过地边的农人。他憨笑着，朴实的回答如同简史：去年种了五亩，收入四万；今年也种了五亩。

太阳在上，藜麦在下。静静地站在红瘦黄肥里，看见蒜白葱绿的日子。回家，要做碗热热的藜麦汤面。在茶欢食悦里，做那个世间最幸福的人。

美好南泥湾

这里是真正的高原，天高，地阔。

乌鞘岭南北而亘，以险峻与雄强构筑了恢宏的背景。走近这里，蓝天似璧，白云如絮。心境会变得如同天空一样辽阔：这里，适合鹏抟九天，振翅翩而翱翔。这里，适合路行万里，乘骐骥以驰骋。

小村南泥湾，安静地偎在岭北，像个怀揣梦想而又恋家的青葱少年。朴实的村民们，日出而作，日落而息，勤劳地向着土地索要生活。

二三千米多的海拔高度，让这里没有时序意义里的春天。夏天，如一个使命在肩的人，接替着春天履职尽责。高原、峻峰，让骄傲的白云低调地放下身段，也让坚守在南泥湾的人们变得勇敢刚坚。

初夏时节，高原雪融，草地返青。所有的山坡渐次披上了春天该有的新草。岭上铺泻的阳光和风依旧有些许恣意的坚硬，坚韧无畏的白牦牛们，像这里的人一样，稳稳妥妥地在安营扎寨。在碧绿而酥润矮小的植物间，它们自由而散漫地逐草而行，仿佛尘埃不染的天外之物，让这里的时光呈现出乌托邦式的安澜。

站在南泥湾村史馆门前，阳光正暖。门口处，几株暴马丁香开到荼蘼，一树一树繁花如雪，丝丝缕缕浓醇的芬芳，缓缓随风而释。木简一样高高树立的牌子上，"乡村记忆""河西门户南泥湾"的隶书字样,如写在村史扉页上的醒目注解。

村史馆由几间土木结构的老屋组成,院子敞开,格局随意,样子敦实。是地道的高原西北村落平常庄廓,三根圆木柱子,如同手足兄弟顶门立户。

静静铺泻的阳光,暖暖地照拂着旧式的拔廊房子。雕花的廊檐,方格的窗户,都泛着原木的微黄。曾被烟火熏过的廊檐间,尚有鸽子栖过的清晰印迹,依稀还原着昨日的烟火。

门口的花栏里,细细碎碎地开着红红黄黄的花。院子里,三五株细草顽强地从地面的缝隙间精神地绿着。院落中间,一块紫色的大原石上,以印章的形式镌刻着"汉番融合"的字样,在记述着这里曾经的风云过往。

进了村史馆,似乎一脚踏进旧日的时光。它像一个有心的收藏家,珍藏了一件件村庄的老物件。把旧光阴里老村庄的魂魄,悉心地一缕一缕收拢汇聚起来,让它们相濡以沫,忘于江湖。

展室里,旧物安然。所有的旧物,自带着低调的光芒,似乎正在缓缓讲述旧时的光阴。旧日的情怀,于旧物间四漫氤氲,呈现一派地老天荒的安和与朴素。

一柄老木犁静倚在壁前,二面耧耙安卧墙根,三四个木铣杈子肃立在墙角。像沙漏一样流走的时光为它们镀上了生活的厚重包浆,也让它们卸下曾经的使命,成为眼前的物件,承载记忆。

竹做的簸箕筛子、柳编的背篼篮子、木制的风箱面匣……所有,就像那挂在廊前的旧筛子,置在堂前的旧柜桌,似乎都定格成一张张老照片,让旧时光阴渐次回溯。似乎有乡间田野的味道,随着驴叫马嘶、虫鸣鸟啁悄悄漫来。似乎那些过去的人、过去的事及过去的日子正在静静地重新打开。

那件松木匣子，四四方方的笨样子，敦厚地带着羞涩，就像旧日南泥湾里走出来的女娃娃。斑驳的油漆，已经褪尽原有的颜色。古朴的旧里，深沉而绵长地开着一枝缠枝的老莲花，红花绿叶，不张不扬地美着。似乎，里面盛放的依旧还是原来踏实而朴素的老日子。

经年光阴的浸润沉淀，让它们失去了昔日的光华，留下了低调的凝重与沧桑，还有与人同患难共甘苦的烟火味道。旧物件，带着旧情怀，不紧不慢地讲着旧故事。

摩挲着它们，忽然心生恍惚，仿佛所有的时光正在逆流而上。似乎那老土炕的旧毛毡上，就在那旧炕桌边，依旧坐着穿着旧衣服的爷爷，忧郁地咂巴着黄铜烟锅，耐心地听着奶奶絮絮叨叨地盘算着几个鸡蛋换一斤煤油的家事。

时光，如一把有力的手，助推人们前行的步履，勇敢往前，往前，再往前。许多珍贵的时光和美好的记忆正在渐消渐隐，慢慢退到时光深处。也让另外一些新的美好东西，渐行渐近，走进明晃晃的生活当中。

老物件，记住了旧光阴。旧光阴，映衬着新日子。

移步高处，俯瞰村庄：夏日的小村，天地和合。山野、田园、村庄安谧，在绿的映衬里仿佛一幅天成的画作。

绿色是村庄奢侈的底色。饱满的阳光下，墨绿的青稞，娇黄的油菜，暗紫的中药，随意铺展在山野田间，绘制出一些规则不规则的几何图案，恍若塞尚笔下色彩饱满的油画。手机随意拍来，无需裁剪，便是一幅绝色小品。

去村里，光洁的水泥路，如一条条青碧的玉带子，婉转地伸到每一户农家门口。一个院落依着另一个院落，白墙衬了青

蓝的瓦,一副天安地静的美。门前栽花,屋后种树,让高原小村短短的的夏日,奢侈地呈现着江南样花红柳绿的美丽。许多人家门口,停放着白的、黑的锃亮的小轿车,让你恍惚着是否走错了地方。

三十几年前在安远上学,随了同学来过这个村子。也是这样一个初夏午后,南泥湾一湾的浓稠阳光,劲道的风里混沌着让人焦躁的干热。

走进黄土夯起的院子时,同学的爹正愁眉苦脸蹲在屋檐下。他像所有的农民一样向土地挣要生活。土地是农民的根,也是同学一家的根。可是,贫瘠的土地却给不了他心里想要的生活。她说,她爹为买一头耕牛发着愁。犹记得那走风漏气的廊檐下,他鬓染霜白、皱纹深刻。

随意进了一户人家,院落干净得让人惊喜。砖砌的小园子里,齐整地种着芹菜萝卜、小葱韭菜类寻常蔬菜,正光泽丰盈地绿着。几丛金盏花儿旺旺地盛开。

真想,摘一小把香菜,切几片白萝卜,做一碗揪面片,再炝些岭上摘来的野葱花。想想,那面片白、菜叶绿、葱花香地,真是幸福至极的事。这农家的日子,也可以满满地过出诗情画意来。

屋里守家的老阿妈,衣着新展,慈眉善目,长着一张弥勒样的欢喜脸。她手脚麻利地端上一盘暄腾腾的白馒头,一盘金灿灿的黄油馃。电磁炉上,砖茶正沸,满屋子弥散花椒茶的清香。老阿妈一边满上龙碗里热乎乎的酽茶,一边抽空子闲话家长里短。

随老阿妈去了她家的后院。圈棚里两头黄牛正在悠悠地嚼吃草料。也有一柄旧木犁立在槽边,挂着一盘粗糙的麻绳。还有一些坛坛罐罐类的旧家什，蒙了微尘，随意地堆放着。

老阿妈说，新时代里，过上了新日子，这些旧东西已无用处。庄户人家存着，只是念旧。还说，家里早已经买了种地的拖拉机，除了耕自己的地，还可以帮耕邻家的地。

她不知道，旧猪槽盛上土可以用来植百合，老汉砖也能凿磨了种菖蒲，那腌过菜的黑釉坛子，也可以置于文人的案头插了梅花做清供。说不定，有一天，那半截废弃在墙根下的老木头，也被某个有旧情怀的人收了，做成茶海子，与茶香一起重新温润呢。

高原的小村，没有橙黄橘绿，也没有碧荷红莲。可是，初夏的南泥湾，天蓝得如同一匹温软的丝锦，云白得就像绣在丝锦上的牡丹或者荷花。家家房前种树，户户屋后栽花。陌上清风徐来时，舍间已是花红柳绿。和风起时，那黄灿灿的漫坡油菜花香如沸。

回走，路过一户户人家。庄门上过年的春联依旧鲜红：一家门上是隶书"国泰民安歌盛世，风调雨顺颂华年"，一家门上是行书"天将化日，水碧山青天长暖；室有春风，桃红柳绿地皆春"。白墙壁，红对子，提振着庄户人家的好精神。

青山绿水间，曾经那个"晴天一身土，雨天一身泥"的"烂泥湾"已经消隐，小村南泥湾犹如一坛经年成酿后新启的老酒，已经美好得让人心头柔软。

真想做个画家，择一面净宣，画座俊山青，配朵美花红，以水墨的雅致，绘一个美好新村的南泥湾。认真题上：

天祝的南泥湾，也是个好地方。

蝴蝶滩上蝴蝶飞

清晨，从天堂小镇早早地醒来。

此时，阳光还没有爬上东山顶，只是把光早早地镀到了西山顶上。西山像是铺了层薄薄的金子，呈上温暖的黄。阳光还未落上的地方，那些深绿的是应该是云杉，稍微清浅些的一定是桦树了。深深浅浅的绿色，给山着了件恰当稳重的衫子。晨光里的西山，像个温穆谦谦的君子端坐着。

出了农家院落的门，北拐，沿路直行。

路边，是林地和苗圃。正是红肥绿瘦的最好时节，杨树的叶片浓绿，片片凝神聚气，泛着精气丰沛的光泽。松柏树的苗子一株挨着一株，密密实实，有一人高的，也有三两尺的。清晨的水汽，湿湿地浮在林子上面，冰凉清晰可触。一座白塔，依旧半掩半隐在绿云般的树丛里，稳稳地打坐。

蝴蝶滩上的人们，有人已经早早地起来了。

一个穿着长筒黑雨靴的女人，正在为自家的菜畦引流浇水。粉红色的头巾，在绿色的菜地里分外鲜艳。那浓绿浅粉的，让我想起农家院子里那朵粉红的牡丹。她抬头见了我，善善地笑了笑，我很慌忙地回了笑。在县城里待久了，已经习惯了分明遇见却视而不见。习惯了在有人高高在上的摆放时，自己悄然地垂下眼帘。这个憨憨的笑脸，着实惊动了包裹严实的内心，一种真实的暖意倏然地漫过，自己竟有些慌不择路。

她的菜长得真是个精神啊。肥腴的叶片深浓绿厚，泛着蜡质的光泽。想来，这一夏一秋往后的日子，她家里的生活，会像她的菜畦一样丰盈厚实。日子，也会过得如她笑容一样温暖实在。

蝴蝶滩上，植物们似乎还没有完全醒来。它们高低相依，肥瘦相间，谦和地揖让相生，安安静静。

野刺玫瑰们，也正是开花的好时节。才开的，如一张小女孩的脸，鲜嫩，丰盈。打着苞苞儿的呢，正在努着红红的小嘴儿，俏皮可爱。开久了的花，花边儿显出水分不足的倦容。粗刺刺的梗子都很健硕，不大的叶片很繁茂，带了细刺，托着娇娇艳艳的花朵儿。刺玫的美，带着与身俱有的戒备与防范。或许，这也是用刺玫瑰比拟爱情的缘由吧。美，有专属；情，就得独衷。这是个理，得遵从。

一大墩木香，就像桃李女子，黄花正当时。花开得尽力尽力，十分浓烈，一朵一朵，密匝匝地，缀满枝头。一只勤快的蜂，也早早地来了。黄胖身，黑细腰，如齐白石擅画的那类，健硕的有些过分。嗡嗡嗡、嗡嗡嗡地，忙忙地从一朵花上飞起，又忙忙地在一朵花上落下，浓重的声音藏不住贪心的急迫和兴奋。嘿，这个家伙。

紫丁香还带着清露，如有些风情的小媳妇儿，不仅仅扑了粉，还偷偷点了香水。远远地，就有浓香袭来。那些羞涩地开着镶了白边的蓝花花是马莲，一如既往的谦逊、低调，却掩不住惊艳艳的美。

滩上的鸟鸣的声音此起彼伏。一阵远，一阵近，高亢嘹亮的，低沉婉转的，如一场神秘的约会。离开村庄久了，早已分辨不出是哪种鸟叫。能分清的，只有是从小就听惯了的蓝马鸡的声音。它的叫声高亢而雄浑，霸道得丝毫不带怯意。可以想

见,这个傲气十足的家伙,正在树丛里踱着步子来回逡巡。也许在蝴蝶滩这片江湖上,它就是称王称霸的主。一只黑白相间的鸟,长相俊巧,与麻雀一样大小,绕在身边,扑棱扑棱着飞飞停停。我走,它飞。我停,它停。这个淘气的小家伙,像个调皮的孩子。

这样安和的时刻里,自己是想变成一株蝴蝶滩上植物的。只那么安然地活在这安静的绿风里,清醒地沐在这清凉的蓝调里,不问世事。或者,就做那头刚刚遇见过的那匹枣红马也好,披一身绸缎样光亮的毛色,美美地吃着酥润的青草。或者就做那只栅栏边上的小白羊吧,眼神恬淡温和,自顾自地走走停停,秀气地啃着带露的青草,闲闲地摇摇尾,再抬头看看风景。如此活着,也是知足了。

蝴蝶滩上建着龙苑。路过门口,雕花的彩绘木门,有藏式风情。心想,如果门口补一副意味隽永、对仗工整的楹联,以朴拙汉隶写就,是否会增补些文化的氛围和气场。

龙苑附近,前日刚刚结束一场节日的集会,搭建的台上,红红的横幅标语依然悬挂,"生态美、产业优、文化兴、百姓富"的白字十分醒目,给人一种提振的力量。节会上摆摊设点的商家们,正在陆陆续续地撤离。草地上,尚有未及时清理的垃圾,五颜六色、乱七八糟,像是碍眼的疮疤。着了橘红衣衫的清洁工人早早地踩着露水到了,耐心地捡拾散落的塑料袋、碎酒瓶,像是再世的华佗,正在仔细地为草地刮骨疗伤。

来的有些早,没有遇见滩上的一只蝴蝶。当然,它们还在梦里。物竞,天择。一个物群,能够强大到让人以它们的名字命名地名,足够说明是某地生存的最好适者。也许,聪明的蝴蝶们早就知道了,这个时段地气太潮了,不适宜它们轻盈地振动着翅羽，来注解凄美的梁祝故事或庄子恍恍惚惚的梦。

十几年前，来过两次蝴蝶滩。也亲眼看见了这个小小的蝴蝶王国。那时，大大小小的蝴蝶，黄的、白的、蓝的、浅绿的，大的，小的，半大不小的，纷纷扬扬地飞起落下，像是下着一场彩色的蝴蝶雪。杨树上、柳枝上、鞭麻花上，尽是蝶。甚至，三三两两地栖落在你肩上。整个滩成了蝴蝶的天堂，树是蝴蝶的，花是蝴蝶的，草是蝴蝶的。甚至，在蝴蝶们的眼里，连人也是它们的。蝶多力量大，怕生的，又怎么好意思混迹在这蝴蝶滩上呢？

深深地记住过一个黄地黑点的大蝴蝶，足足有旧式银圆大小。它不惊不慌地栖在女儿浅粉色的草帽檐上，轻扇着绸子样绒绒的羽翅，绽开、收拢，旁若无人地扑闪、扑闪。心想，如此惊心的美，又如此地气度不凡，一定是这蝶国的皇后了，再次一些，也属皇亲国戚类的了。

在蝴蝶滩上亲历一场蝴蝶雪，是愉悦无比的。蝶雪让人恍兮，惚兮。恍惚间，自己也成了庄周，化作一只滩上的蝴蝶，着了最美的衣衫，或白裙、黑裙，或蓝襟、绿袂，或金衿黄袖，就那么绰约地飞舞。想飞就在花丛树间飞会儿，不想飞就歇在一片叶子或者草尖上眯会儿眼。可以和高高的杨树耳语一阵私房话，也可以和芬芳的刺玫花悄悄叙叙旧，甚至可以在那软绵绵绿茸茸的雀儿烟上安然地憩一会儿，并做个小小的美梦，梦里与黄花正当时的木香花儿来一场惊世骇俗的爱。

往回走，路边皆是高高低低的树。布谷鸟隐在杨树的枝叶间，一声连了一声，耐心而细致地叫着"种够，种够"，"种够，种够"。这是个讨人喜欢的吉祥鸟，似乎懂得农人稼穑之苦，在用自己的方式祈祷祝福。

· 085 ·

小时候，我们称它叫"长够虫"。妈妈说，长够虫春天叫的是"种够，种够"，夏天叫的是"长够，长够"，而秋天时，则叫着"收够，收够"。自然，学鸟叫时，也是按妈妈说的，春天叫"种够，种够"，夏天叫"长够，长够"，秋天叫"收够，收够"。经了一遍遍验证后，还真是与布谷鸟的叫声相合。到现在，私下里还是认为妈妈说得对。如果只是叫"布谷"的话，在北方应当只能在春天听得到。而这儿，春夏秋三季都会听到。

呵呵，其实压根儿是不用去纠结或理清的。这只是人心里的愿想罢了。

在这个蝴蝶滩的清晨，也来做一次吉祥鸟吧：

春天里"种够，种够"，夏日里"长够，长够"，秋阳下"收够，收够"。

秋雪轻落华藏城

草木秋来色褪青。

北雁衔霜过后,寒意,如怀揣了某种使命的人,不露声色地跨进"霜降"的门槛。秋风,如隐了青光的刃,悄悄地逼近。风过处,霜凝,叶落。那些曾经的荼蘼花事、葳蕤草木们,便茶茶地不战自败,早早地交枪投械,草草地成了残红败绿。

风过高原,匆匆来,又倏然而去。一次,两次,三次。霜降那日午后,一场风,如一个性急的探子,急急地来过后,又匆匆地旋走。紧随其后,一场秋雪,便如一个神秘的大部队静悄悄地来了。

秋雪悄然而至。不紧不慢地,从午后落到天明。雪天、雪地,雪山、雪水、雪树、雪人。十万雪花,犹如细碎的银子,轻轻地落下,给华藏小城柔柔地缀上了琼妆玉饰。

雪花轻落,如蝶轻栖。小城静谧,柔和肃美。

穿雪而行,想去倾听秋雪轻落的声音。

秋雪自有秋雪的味道。那"须臾四野难分路,顷刻千山不见痕"的景致,那"银世界、玉乾坤"的铺排,说的是冬天的雪。其实,十分秋雪九分水,自是没有冬雪"银迷草舍、玉映茅檐"的宏大架势。秋雪,只是那时令的仙女遇见乌鞘岭时,一度恍惚而错误地落下的温柔。

秋雪来得快,也化得快。落在房顶、车身、树巅的,铺成银白一片;触了地面的,除了墙根和花坛、草坪外,已经化作

兰生有芬

湿漉漉的水渍。白雪、湿地，随处黑黑白白的，如一幅写意的水墨。

在半明半暗的光里，眼前的雪，如琼花一样温柔轻落。大地是她灵魂相契的爱人，正轻和着一首冰清玉洁的云水谣柔情承接。

华藏小城的店铺房屋，品相简朴，都均匀地覆了薄薄的雪。一律不动声色，天安地静地站着，如一枚枚搭在光阴深处的窝巢，波澜不惊地栖在县城的一隅。在方志或史书的某段页码，简短的陈述，概括了小城的过往。时光起起落落间，在岁月的水面漾开一圈圈涟漪。那几百年的光阴，就像曾经栖在梁间的燕子，早就轻扇着羽翼飞走了，而把灵魂的巢永久地归置在了屋檐下，任雪来雪去，消融随意。

据说，华藏世界是一个庄严、美妙、和谐、清净的莲花藏世界。而自己的心里，这莲花，就应该藏在雪里。

在轻扬静落的雪世界里，想起了一个传说。传说，在明末时一个冬雪的清晨，一只玉白的兔子在尺把厚的洁白积雪上踩出了很规则的椭圆形，有个从华家岭来的僧人，将兔子踩出的图迹当做建寺的界址，建起了华藏寺。自然，传说归传说。传说只是借这雪的洁白，说修寺院之净地。当一些尘埃落定时，白塔胜雪，君子如玉。原来，这栖在县城的华藏寺院，也最早也是与雪早早地结了缘。

缘华藏广场，有檀树，已是叶落花尽。它们收敛了花开满枝的芬芬，把所有的力量纳入身体，把香气蓄进骨头深处，静待来年春枝华发。就那么安然地站在雪里，秃枝，疏叶，皆变做倪云林画里的虚静的树。安安静静的站相里，尽是简简的禅意。檀树的枝丫间时有风铃轻轻地叮咚、叮咚，低沉而清朗，入耳，像是在心间放了一枚玉，温润，清凉。

世间雪，云间月。这两样最不可捉摸，又最接近人的灵魂。雪、月皆清白，能涤人性灵。有雪月洗濯，人心便放在冰壶玉鉴中了。那"皑如山上雪，皎若云间月"，说的就是这琉璃样的人心，就是这别样的大境界啊。

南唐巨然有幅名《雪图》的画：雪天雪地里，山静，树静，溪水更静。小半曲径，三两行人，一座半掩半隐的寺院，天成了一幅雪里桃花源。画家巨然真是个画雪的高手，简简几笔披麻、卷云的皴擦，便绘出了山高、人小的的意境。修行之人，心底素净，自然画意也是清清静静的素简。顷刻间，高松飘白雪、深寺掩香灯的况味便让灵魂出尘，远离所有纷扰了。

有书言，在禅宗中，雪意味着大智慧。在杭州隐林寺，有僧问："如何是摩诃般若？"青耸禅师道："雪落茫茫。"

好一个"雪落茫茫"！

佛教里言说"摩诃"是大，"般若"是智慧，自然这"雪落茫茫"便是大智慧了。自己是不涉宗教的，却唯喜欢这"雪落茫茫"里的高深与远大来。想想，那"素雪满阶，群花自落"的境界，与谁，都会有开轩临四野、登高望所思的益处了。

雪花漫舞的广场，高高低低的树们，都像是画在熟宣上的工笔，密处浓湿，疏处淡干。秋风若笔，以挥运的霸蛮，收敛了树木们整夏的浮华。这清光雪气里，树和人一样，变得安静、低调。没有了草木枝繁叶茂，广场也带了几分萧然，空静得如佛偈一样，只留云烟过尽的淡定。

广场边上，还有几丛深黄的、浅紫的菊，还在尽心尽力地开，即便负了雪的重，微倾了身子，仍露着明黄暗紫的美。两三朵玫瑰，也依旧尽力地开着，雪掩了小半花朵，露了另外一

半艳艳的玫红,也是低调的安然。

广场正中,"藏地圣牛"的雕塑,如一面凝固的旗帜,不动声色的高高扬起。三头壮实牛,背相而立,各负一面,站成一个闭合的圆,蓄满力量。凛凛的写意手法,赋予牛相粗粝的气场。原本草木一样卑微的牦牛,托负起一种精神气象高高在上,被人久久地仰视并喜欢着。

这样的雪天里,牛不冷,人也不冷。三头壮实的牛带足了真气,以丰沛的力量,击中人心。已至中年,心如素瓷安净,但仍旧有抵不住的情绪让心潮澎湃。细想,牛是,寺是,人亦是,总努力地蓄足了力气,来与老到的光阴对峙。

雪里的华藏寺院似乎变小。院小,殿小,经堂小,有些荒衰。与所有的寺院一样,佛前的黄铜盏一定都在亮着,亮着的铜盏里黄油一定酥润地笑着,笑着的灯芯扑闪扑闪的一定都是喜悦。在雪天的柔情里,也愿意去相信,佛前的灯盏,融化时光,遥系天堂。

那个雪天里来点灯的人缓缓而至。一盏,又一盏,安然点亮灯盏。微黄酥油灯光里,映着一张泛红的安静的脸。亮亮的眼睛,与灯一起闪亮。灯闪着亮亮的火苗,眼里也闪着亮亮的火苗。

秋雪的温和里,寺门前端坐的八盘白塔如玉温润。塔上的经幡猎猎,随风轻扬。雕花的转经廊,如一个华美的庄廓,将寺院的三面紧紧地围上。三两个人正专心地转着经筒,一圈,一圈地,不厌其烦。想知道,那一圈又一圈转着经筒的心境,是否和自己一遍一遍抄写经书时一样,心间无风无雨无雪,亦无悲欣交集。

也猜想,这座在清代光阴里声名显赫远近的寺院里,是否也曾住过不少有琉璃情怀的人，是否也有人在一个个晨光里潜心研佛诵经，又于一个个有雪的夜里心尖尖上藏着深刻念想。那雪后的清晨，是否也曾有过雪地清晰的脚踪，出卖过夜间里想深藏的秘密？

其实，十分人生，七分奔走，须留三分欢喜心。多理性的人，在心的某个地方，都应该留一份最柔软的空间给自己。

风里的经幡声、风铃音，让雪夜变得更加安静。想起那个在长安的大雪天，着了素色僧衣的怀素，忘了研守多年的戒训，于雪天雪地里挥毫泼墨，忘乎所以。情性中的人，无论修为多久，总有一缕情绪，无关风动幡动心动，终究会在某个时刻，如塔上的幡，猎猎地动。

纷沓的日子，来不及恍惚就进了深秋。刚刚消受了夏日花开的愉悦，秋雪便又携着逍遥自在地来了，这世间的喜乐真是接了一重又一重。不得不说，活着真是件幸福的事。

回想，这大半年的光阴里，一些看得见的美好叫人惊喜。老旧的楼宇，一律换上了崭新的衣衫，不再蓬首垢面得像没有梦想的人。那些坑坑洼洼的路，整饬干净，不再如一个自暴自弃的醉汉的步子，一颠三簸。那滨河路上的休闲长道，也如一首优美长诗，正在舒缓写就。那雪花漫飞巷子深处，路灯明亮，黑夜里给人指引回家方向的温暖。所有美好东西，如这美好的秋雪，美好地沉在了时光深处。

古人雅致，讲究刚日读经、柔日读史。而自己一厢情愿地认定，那情意纷飞的"柔日"，就是指这秋雪霏霏的安谧好时光吧。

这秋雪轻扬的夜晚，不能怀持子猷雪夜访戴的风雅，那就做那个美好幸福的人，凝神静气地习一遍《快雪时晴》。

情义胜雪。谁共我,醉白雪?哈哈,自然,君就是我帖子里的张侯。

秋雪,轻轻落。好雪片片,不落别处。

就静静落在了这里。

天祝藏香酒

高原上的日子，有些慢，一寸一寸地，像河，缓缓地过。

尘世的光阴里，琉璃样的藏香白酒，幽静绵和，清冽冽地散着陈年青稞的香。

灯下轻摇，酒液微微荡漾，泛着冰玉的清辉。酒味至好，朴厚甘醇。入口是浓烈的辛香，入胃则是温润的妥帖。细细地品，舌尖上似乎有了青稞初熟的味道，除了有高原上风的凌厉的猛劲儿，还有华藏神泉甘甜的绵柔气息。

据说，二百多年前，本土的大学者土观三世在华藏寺附近建起了"华藏烧坊"。在此，华藏神泉甘甜的圣水与高原上籽实饱满的青稞完成了神秘的邂逅。于是，一夜间，清香四溢的藏酒名扬天下，成千上万的驮牛和骆驼队慕着它的美好远道而来。

今世的光阴里，"华藏烧坊"如某个清晨草尖上的露珠，早已经跌落在时光的深处无迹可寻。只是藏乡的青稞与华藏的泉水依旧如永恒的恋人，相依相守：土坯窖里，木酒海中，热烈烈地陷落于一场芬芳的情爱。曲香、粮香、药香、窖香漫漫溰溰地纠缠，任性而节制地靠近，慢慢相融、蓄积、升华，最终华丽丽地蝶变成今朝里的藏香酒。

天祝偏在西北一隅，地理位置决定了相对的闭塞。这也无妨，这儿有好酒。藏香酒就是最好的媒介，搭起了连接沟通东西南北中的桥。酒，拉近的不仅是空间的远，更是拉近了心和心间的远。

吃肉、喝酒本就是孪生兄弟。话说吃肉无酒，走路无友。肉吃到半道子，酒便堂而皇之地上场子了。天祝人喝酒，有股牦牛的野劲儿，豪爽到家了。高原上的牛羊肉，稀珍的柳花菜、鹿角菜、羊肚菌，都是含英咀华的好东西，与这藏香的玉液琼浆成了天然的绝配，让人无力抵抗。

美酒须用好器盛。用来盛酒的壶，一定是纯银的，腰身敦厚，憨实得如这高原上的人。温一壶自然是不够的，你想啊，这一壶两壶的，怎么够拉开天祝人划拳阵势呢。用雕了花的银碗，盛了琉璃样清的酒，再粗犷的男人，也生了缱绻的情。酒逢知己，欣欣然间就东方既白了。

《西游记》第九回里讲过渔樵闲话：渔翁张稍和樵子李定和诗十四首。这张来李往的十几个回合中，人世的信义就不显山不露水地立起来了。

细细想，这人世的江湖，并不仅仅在高山大川、大江长河的皮相上，更多地存在于渔樵式你来我往的较量、承接和包容中。

天祝酒场子里也皆渔樵啊。来听听，这划拳令。你喊：一心敬呀，两个人好！他回：三星照啊，四季红彤彤！你叫五福来呀，六六顺！他接：满堂红啊，久久好！两人同时押手，同时回手，同时发出声音在空中相遇，几个回合下来，从一到十的数字，几乎鲜有重复。

那抻着的手，那可着的嗓子，全身劲都使上了，似乎是摆了场擂台。可是，输赢的结果在这里并不是最重要的了。重要的是清酒穿肠过了，情就在心中有了。

上海的同学来了，约了几个当地的朋友陪。再三叮嘱，从南方来的，不胜酒，酒只是饭局的引子。然而，事实出乎意料。

这个西装革履的同学一入乡就随了俗，一头扎进酒场子里拉不出来。

酒过三巡，这个仪表斯文的同学真真实实地失态了：他畅快地笑着，眼里却漫上了泪花。搂了朋友肩，不住地呢喃：兄弟，兄弟，兄弟……一阵儿坚定地扬着头，一阵儿缓缓低了首，似乎有两个隐形的自己，正在进行一场严肃较量或相互说服。分明看见：一场子藏香酒，让他解下了一线大城市穿给他的坚硬的盔甲。

有时，现实的逼仄，容不下内心的成长。得意，失意，不过杯酒工夫间的闪失。乾坤容我静，名利任人忙。喝一口藏酒下去，浑身滚烫：人生不过如此！暂放下，请稍息。

大哥的女婿是土生土长的南方人，学医的。拗不过一帮子天祝人豪爽的热络，一来二去的，也很快卸下了南方温润里蓄养了多年的精致，快意地大口地吃肉，大口地喝酒。他说，太喜欢这藏族香酒里的畅快。他说，他要让他的病人们也来两三次天祝。多好，三碗酒下去，便成全了一帮子的兄弟。就算有多少恩怨，搂搂肩膀、拍拍后背，哪还有什么解不了的爱恨情仇，谁还会得什么抑郁症呢。

这酒酣里，气血满盈。酒是暖的，流动的气是暖的，心更是暖的。其实，这人世的江湖上，不只有艰险，那朵心间白莲花从来都一直端端地开。

兔子是狗撵出来的，话是酒赶出来的。酒酣处，只有表达的舒畅和快意清晰地逼近。有些话攒在心里太久了，不吐不快：兄弟，你听我说，听我说，必须听，必须听……听得人半眯了眼，不知道听了些啥。说的人一直在说，也不知道说了些啥。这个时候，听了什么，说了什么，又有什么重要呢。

好羊肉、野山珍、藏香酒，愉悦了好心情。你看，全场子的人脸是红的，脖子是红的，眼睛也是红的，连抻着划拳的手也是红的。酒喝到末梢子处，满场子是东倒西歪的、袒胸露肚的、勾肩搭背的形骸人。女主人耐心地候着收拾残局，男主人还努力地半开了迷离的红眼睛，含糊不清地嚷嚷：上——冰抓，上冰——抓。

女主人又温顺地端上早已晾冰的羊肉，再续上暖暖的砖茶。酒汉们就又来了精神，你一疙瘩，我一疙瘩地抓了冰羊肉块大口地吃起来。吃肉的空儿，一边呼噜、呼噜地喝着茶，一边哥哥、弟兄地颠三倒四地说着醉话。

俗语说，吃饱了，喝足了，就和有钱的娃娃们一样了。酒酣情酽时，人就成了一个纯净的孩子，脑子就像是一截子揉皱了的丝绸，褶褶皱皱里只有柔软。

这个时候，户外的风声变轻了，从门缝里挤进来的冷也减弱了，那些手里的急活也不赶着了做了，甚至，在心里存了半辈子的梦想，也变成了草原上的蒲公英，昨天还拼了命样地开了黄花一朵又一朵，今日就化作轻飘飘的絮随意地飞在秋天的风里了。

历史深处，那个叫仪狄或者杜康的家伙，也许是馋极生智了，造出了这令人飘飘欲仙的尤物。文王可千钟，孔子能百觚，如此快意的美事。回望，曹操煮酒论英雄，刘邦智赴鸿门宴，赵匡胤杯酒释兵权，都是借着酒的名义，实现他们的赫赫雄心。细读，陶渊明随意慢吟无数"饮酒诗"，李白尽兴挥洒千篇"斗酒诗"，连苏东坡也总是把着酒来问青天，这酒里又住的是他们酒一样甘醇的梦想。

在这雪域高原的天高云淡里，藏香酒只是开启所有美好的引子，让情义纵意地驰骋才是它的本真的魂灵。

日子如河，缓缓地过。

茶斟半盏，酒饮微醺，刚刚好。人生，适意也是刚刚好。其实啊，凡事随劲儿认真做就是最好。

来，兄弟，莫管西风劲烈，藏香酒里且把情谊叙：

四时长相忆，念君如故旧。

福地天堂在人间

拾级而上，八个宝塔端坐在天堂寺院门前。

带我们进门的老僧人说，天堂寺的全名叫朝天堂，原来也叫塔儿滩。塔儿滩之称，说明了寺院的曾经。一定是经幡纷披，宝塔连连。肯定是的，一座寺院，怎么能离得开佛塔的镇守呢。

聚莲宝塔、吉祥宝塔、菩提宝塔、天降宝塔、神变宝塔、尊圣宝塔、息净宝塔、涅槃宝塔，分别代表佛陀降临到修成涅槃的八个阶段。

阳光下寺院端端坐着，寺顶光芒熠熠，流光泻金。兀地，就想起《诗·大雅·緜》里一句：作庙翼翼。也想起习隶书时，那横的波磔，竖得周正，及撇捺的飞扬与收敛。庄严的美，流动，阔绰，坚定。没有局促的小家子气，也没有宣扬的奢华，只是介乎中庸的四平八稳。在保证了大气是基本的主格调时，又保持了细节的繁缛。藏传佛教的宽博、包容与谨慎、节止，从寺院的檐顶上缓缓铺陈。

进了千佛殿，里面的光不强，有一些清凉和暗寂。一千尊佛，隐在光影的暗处，并没有让大殿显得拥挤。高高端坐的宗喀巴木佛，法冠高耸，面带微笑，目光镇定，似乎在平和地看着脚下的人，又像掠过人头，穿透墙壁，注视远方。二十三米的高度，让众佛隐后，众生仰视。

佛前点的酥油灯，明晃晃的。以成百上千的阵势，齐刷刷地燃着，火苗随着气流一阵向左，一阵朝右，明明暗暗地倏倏闪着。光影里，黄铜质的碗，呈放出喑喑的哑光。而佛台上铺着哈达，闪着的金黄的明亮柔光。一暗一明，两种黄，将现实的光阴微缩在这尺丈之内。

柏枝叶煨的桑烟，青袅袅的，有一种陈年的暗香，在空气里流散浮动。柏叶清香，和了酥油的浓味，厚重地弥散开来。一种叫人着迷的沉静安稳的气息，似乎让时光变得高远而澄澈起来。似乎，外面经受的一些风雨，已经不再。那种忧心劳顿的重负，就豁然地搁放在门外的时光里了。

人们安静地点灯，敬佛。就如佛前缓缓移步的僧人一样，不慌，不忙。也许，他们的心里，正在专注地默念六字真言。也许，他们在佛前点燃了灯盏，就已经点亮了光阴的暗沉。或许得到，或者失去，在佛的前面，已经变得很不重要了。

心里羡慕，多好啊，这不慌，不忙。世外的光阴里，人们疲于生老病死和各种欲望。到这儿后，就在不知不觉中搁下了。也是啊，几千年的光阴都这么过来了，有什么着急的呢？生活，就该是不慌不忙，不疾不徐的。忽然间的明白，让心啊，立时就像是一匹绸子，被轻轻地熨过了，变得妥帖妥帖的。

佛灯，佛灯，也许照着前世和今生的因果。佛说，点一盏灯，就启一次智慧。念一次经，就消一次烦恼。人生来就是苦，苦的根源在于各种欲望。自己，本一俗人，难免在各种欲望里进进出出，纠缠不清。自己是不涉教的，此时也想点盏灯，诵念一遍六字经言的。不为祈愿，只想借佛前的灯盏，点燃一盏心灯，亮豁自己的心境。

同来有友人信佛教，说一定要敬菩萨。那个右手持剑，左手捧莲，跨狮而立的法王子就是文殊菩萨。他是智慧之神，他的金刚宝剑，能斩群魔，断一切烦恼，而青莲花和花上有金刚

般若经卷宝，象征所具无上智慧。

谁不想尊重智慧，敬仰智慧？谁不想集大智慧于己身，思想清明，大彻大悟？于是看着友，双手合十，向菩萨敬重地敬香磕头，在佛陀的地界上重重地敬重了一次智慧。

心里是明白的啊，所有的敬修，并不是让自己变得如何聪明或更善于索取，而是应该让自己变得不忘初心，不断向美、向善，向好，不断地扶助和给予。

待友礼完佛，一起随意在寺院里走动。

思绪飘在大唐的光阴里，想象这千年古刹曾经千人诵经的壮观。那十三座经堂呢？那十七座囊谦呢？那天堂八百僧呢？他们的经声、他们影子，又曾经暗隐在那幢经堂里呢？他们是否还记得这天堂寺院里飘动的荣耀与烟云？

院里的一个囊谦正在维修。高高搭起的木梯上，一个留了长发的藏族画工正在耐心地绘着八瑞吉祥。宝伞、宝鱼、宝瓶、白海螺、吉祥结、胜利幢、金法轮、莲花，都已经具了初形。他左手端盘，右手持笔，细致描描画画。不急不躁的，一副慢工出细活的样子，似乎要把时光绘成一个世外的桃源。那朵莲花，一瓣，一瓣，正从他手下渐次鲜艳而隆重地盛开。

盯着那一瓣一瓣盛开的莲花，不由地愣了一阵神。心想，这莲花，就是最终修成的正果。八级啊，级级森严，步步维艰。这世间，人得修为多少，才能途经八难三厄，最后如莲样出落清灵，洁净盛开呢？

寺内的时轮殿，不算太大，也称时轮学院。隆重的修课已经结束，只见歇业的僧人们缓步踱出经堂。目不旁视，似乎这世界早已无物无我。游人，香客，皆是远天的流云。而他们自己，也只是一粒轻尘，无需世人的关注。

无缘亲见早课的盛大隆重,甚是遗憾。经大喇嘛的同意,随了他在殿里静静观看。初看,似乎也没有什么特别之处。细看,却感到一种另样的深邃。玄秘的是,很多的墙壁上,有一些盲窗。这窗,除了清风和光影能出入外,依人自身所处的位置和角度,除了一线蓝天,或者偶尔飘过的半丝白云,什么也看不见。

据说盲窗能阻隔了俗世芜杂,有助于专心学佛研理,静心持修。

时轮,时轮,说得应是一切事物发展变化的规律。想想,这用心真是良苦啊。研修时轮,又怎么能心有旁骛呢?老子说了的:不见可欲,使民心不乱。其实,上天在为你关闭一扇窗户时,一定有它的理由。盲窗,就是让你做事时凝了神,息了心的。

视,而不见。多么好的注意,做起来又多么不易。俗世的自己,如果也为自己在心灵上安置上一扇盲窗,见自己想见的,不见自己不想见的,也该是件好事儿。怀揣理想时,在恰当的地方置上一扇这样的窗子,专心想自己所想,做自己想做,恐怕就会心想事成了。视,而不见,最终见自己所想见。呵呵,这恐怕得一世的修行吧。

释迦殿前,有一株白檀香树,正枝叶婆娑,旺旺地活着。树身搭挂了白的、黄的哈达,纷纷披披的,在微风下轻轻摇动。枝丫密实繁茂,叶片青绿透亮。在徐徐清风里,散发着阵阵幽香,浸心入肺。

据说,20世纪80年代,十世班禅大师曾在这里搭台设座,讲经传法。事后,此地便长出了这棵神奇的树。据说这檀四季不凋,据说寓意着天堂常青。

三十几年的光阴里,这棵佛祖的树,不紧不慢地生长,慢慢地树身上长出汉文的"佛"字,而叶子上也长满了藏文的六字真言。渐渐,这棵祥瑞之树被尊为班禅神树。

不懂藏文,看不到经文。但真的就寻到了"佛"字。想想真是神奇啊,这一块地,吸纳了大师的气息,就一点一滴地植入了佛心。这一株树,就贮存佛的慈悲,就一丝一缕地输送至枝筋叶脉里,自带了佛的气度和心性。

白檀的叶片旺旺地长着,歇了,再长,长了,再歇。近处的转经筒也"吱吱"地转着,一转,一转,转了,再转。这一片叶,就是一页的经。这转一次筒,就是念了一次经。每一段经里,都住着一片吉祥。随了人群,也转起了经筒。唯愿天能遂人愿,佛能助人意:他们顺转了经筒,就转顺了所有的光阴前程。

再看,大殿门前。有人正在磕长头。他们长长匍匐于佛的门前,站起、跪下、跪下、站起。一遍,又一遍,专注、仔细、目不旁视,似乎没有疲倦。持守,缘自信仰,需要足够强大的力量支撑。

自己的眼里,突然浸满了泪。因为习书法,所以也经常抄习经书。习过怀仁般若波罗蜜多心经,不下百遍。不为祈福,不为问道。在一遍又一的临习时,亦观自在菩萨心:远离颠倒梦想。仿佛若有菩萨,一直微笑端坐在莲花的座上。

人生多寒露。这日子呢,过着过着,心就累了。可是,再累的日子还得过啊。若能清了心,将亘在心里的石头,化作微笑的莲花,与所有生活握手言和,好好活着,该是多么好。

来天堂寺吧。来一次,就算是修补一次俗世的心。来一次,就算是打理一次世外的光阴。

其实啊,心向阳光,哪儿都是天堂。

长城，长城

这个初春的日子，英雄的故事，口口相传。

和平年代，英雄的鲜血，触碰了心灵深处最痛的点。分明感到内心深处噼里啪啦碎裂的轰鸣，变成没有声音的隐秘钝痛。

视频里，喀喇昆仑雪峰铅嶂。在加勒万河谷，祁发宝伸开双臂，挺立在势如洪水汹汹涌来的挑衅者面前。在透骨的水的冰凉里，他把自己站成了一截伟岸的长城。

英雄是长城。长城长，长万里。

长城，长城。

"长城是地球上最负盛名的人文景观，七大奇迹之一，是全世界最长的线路遗产。"

这些冷静而客观地陈述后面，是凝结民族智慧与信念的隐匿力量和焕彩魅力。

长城，自东北至西北，岿然静立。以万里的恢宏，屹立于世间，在人心间竖起不朽的旗阵，引领并支撑着驰骋万里的底气和信心。

物质的长城，从历史的光阴中走来，肃穆地横跨东西，成就伟大的永恒景象。精神的长城，于灵魂的深处站起，庄严地书写经纬，培成坚实的文化骨骼。

这世上，没有任何一段、又一段的墙，能像一场、又一场接力的赛事，就这样从东至西，蜿蜒万里。最终端成民族的脊梁，遗世而立，睥睨江湖。

这世上，再没有比长城更有英雄气质的东西了。

用几十年，几百年，甚至几千年的时间，绵延修筑横跨几万里的长城，阻止战争，佑护安宁，这应该是世间最强大的力量，也必定是天底下最奢侈的事情。它的强大，奢侈到让人不敢想象。里面沉潜蕴藏的力量，可以比肩任何岁月的荣光。

史说：战国，秦昭王起。这位英雄而聪慧的王，灵光乍起，昭告天下：修筑长城。在他的微笑里，暗闪着君临天下、毋庸置疑的自信：筑墙，修城。有了高墙守护，便守护了安稳与富足。

自此，秦皇汉武，唐宗明祖，开启一场场盛大的接力。

秦长城，汉长城，明长城，连起来便是万里长城。水长城，土长城，砖长城，接续的是各民族间的交流融合。汉族修、少数民族修，用土、用石、用砖，九九归一筑起的，便是凝聚中华民族的团结友爱的城墙。

万里长城，有一段跨乌鞘岭从天祝穿行。

这是在万里长城中海拔最高的一段，虽然只有短短的那几十公里。而在人心间，足够长，长过万里。

自永登县富强堡始，长城依庄浪河进，东南向西北贯穿天祝中部，跨金强河，过乌鞘岭北麓，从油房台村入古浪县境，全长近50公里。

乘车，从富强堡起，向西，向西，一路向西。缓坡地、浅滩处，时断时续地从荒衰的白草间突然钻出来的那一两截类若田埂的土墩，或土头土脑的残垣断壁，有的就是曾经的巍巍长城。

过安门桥，便是雄关漫道乌鞘岭。

这个扼着河西咽喉的关键，自古是戍边要地。

依稀可见两条长城，匍匐于乌鞘岭。汉长城，明长城，同向而行，如二条凝固了的激流，将汉明的风云隐约在荒芜的冰草芨芨里。

这个时段，春寒料峭，荒野寂静，万花尽歇。天阔地大里，青白的光，幽幽地照在灰黄的草原上。清风过处，白草簌簌。时有大鹰扶摇而上，翅影掠过长城，渐薄云天。

汉明两座长城，如两位智慧的英雄，在乌鞘岭相遇，齐头并进，蜿蜒西去，用双倍的力量千百年来共同守护边关的安宁。它们，用自己的身躯挡住了匈奴南下的萧萧战马，用强有力的臂膀折断了鞑靼的刀剑矛戈。

历经千年的风雨侵蚀，曾经高大的汉长城绝大部分已经变成矮小的土埂，若隐若现。而明长城，亦如一个耄耋老者的牙齿，变得豁豁落落。

残损如是的长城，难掩铮铮硬骨，依旧散溢宏伟的气质。它们，如列阵的英雄，精神不倒。

自己的眼里分明浸满了泪，清醒而冰凉：

其实烽火从来不曾停，其实守家卫国的使命一直在。

静静地站在烽火台边远眺，雪山不动，天地大静。旷野里，满目是坚韧刚硬的芨芨迎风挺立，过耳的风里有裂帛的声音，尖锐地咝咝地作响。

尖锐而寒浅的风里，一遍遍地听着关于英雄的事迹，一遍遍地看着载有英雄事迹的视频。

这个时节，乌鞘岭高处泻来的风是尖硬而锐利的，如冷兵器时代的箭镞，嗖嗖划过，冰凉而凛冽。荒野弥散着冬季特有的隐忍蓄积的地力气息。

冰草、芨芨，白里泛黄，浑身是倔强的瘦硬，如雪山草原

的子民，露着些许霸气的谦逊。它们贴着地面，似乎在贫瘠的高原碱地里蓄纳一种漫山遍野暗自涌动的力。

时间固执地梳理着一切。一些青枝绿叶变作枯木朽株，曾经白衣胜雪的少年化为史书纸页间的语句。时间的风风雨雨，把雄伟的长城修改成一截截低矮的土墙，在世间的风里述说着一截又一截历史。

汉长城，明长城。高残垣，矮断墙。如虎踞，似龙盘。地老天荒里，横亘南山、北山，跨越东山、西山，黄土夯就的架构，承载过固若金汤的力量。

在时光深处的风吹日晒、冷暖阴晴里，一截截，一段段长城，将所有的力量，夯进了泥土深处。如一只只雄风依旧的龙虎，兀自持守着各自的纲纪法序静候于野。更像草原上骨茬依旧健壮的老牧人，用执念和爱心护守家园。

时光已经翻过千百年之久，曾经的兵燹气息已经隐退在草木深处，刀光剑影已经消失的了无踪影。汉将军、明将军，霍将军、达将军们都已经驾马走远，他们都化作成天上的日月星辰。长城，依旧以壮美的气质，雕塑我们的精神。

从来思报国，岂独霍将军！

弱水寒无极，冰峰高入云。喀喇昆仑千丈雪峰下，加勒万河谷的水，汪洋着透骨的冰凉！卫国戍边英雄祁发宝、陈红军、陈祥榕、肖思远、王焯冉，初心抱雪，血染边关。

天祝籍的英雄团长祁发宝，二十多年如一日，扎根高原，卫国戍边。当他站在冰凉的河水中，如大鹏一样张开双臂的那一时刻，他就站成了一段人们心间的长城。

视频里，分明听到，这个英雄的团长，爆了一个霸气十足的粗口。高原的粗粝的风，养成了这个天祝汉子刚坚的品格。

这铸铁掷地般的一嗓子，抖出来的就是立地顶天的勇气。

所有的岁月静好，都是因为有人在为我们负重前行！爱在边关，英雄用自己的肩膀，为我们挡住了风雨。

清澈的爱，与日月昌耀。

长城，长城！

松山古城

　　雪落松山。四围的山，一律银胎玉骨。天空澄澈，像是经了雪水擦拭的神器。草原呈现出处子一样的安静。

　　雪霁的晨光里，远远凝望，松山古城，如一个着了旧衫子的老者，端肃笃静，透着隔世的沧桑气息。

　　古城坐北，向南。内一垣，外一垣，四四方方，属典型的"回"型老城。马面、角墩依旧完好地存在，马道、护城河尚可清晰辨认。就连古城当年的威严，也依稀可见。

　　古城不言，古城不语。就那么定定地站在松山的风和阳光里，像是心怀不舍的牧民，守在草原深处。从明朝，站到现在。经了明朝的兵燹，受过清朝的风吹，淋罢民国的雨，又晒着今天的太阳。如一个历经了沧桑的智者，沉默是最好的语言。说与不说，都一样了。说，就是不说。不说，就是另一种言说。

　　黄土夯就的城墙上，阳光重重地涂了层金黄的颜色。深秋让风里的古城，与平日比，多了一种慷慨而悲壮的气质。也许，是在岁月的光阴里站久了，历史的烟尘，注入了古城太多的凛冽。肃静和冷寂，成了它的气质。

　　没有风，没有人，声音也没有。古城，披了层薄雪，端肃地站在薄冷的阳光里，永久地静默着，像一个正在思考的智者。成败，荣辱，皆是云烟。四百多年前，这是一座新城池。四百多年后，这里是一座废城池。不同的是：几百年前，这里狼烟四起，几百年后，这里安宁祥和。

阳光，让雪后的古城缭绕着水汽的氤氲。城墙下，一只与地色相近的兔子，如邻家调皮的小儿，一会儿探头缩脑傍地而行，一会儿欢喜奔奔跳跳，一会儿又懒懒地卧在无雪的墙根下，眯了眼晒起了太阳。一只仪态雍容的白狗，从城墙破损的豁落处从容地踱来，慢条斯理地走走停停，像霸王巡城，又像个心满意足的富家主儿，正在安然散散步消消食，或只是晒晒太阳，就那么随意地将城池当作自家的墙根。

城墙上，几只不知名的鸟，像是负了护城使命的精灵。掠开扇样的翅羽，绕着城墙盘桓。一会儿，扶摇而上，绝云气，负蓝天；一会儿，俯旋落下，踞城墙，巡城池。

思想蹀躞。时光真的无法回溯，光阴已经消散了所有兵燹的味道。曾经战鼓擂动、骏马嘶鸣的喧嚣，都已隐在历史烟尘的纷纷扰扰里，消遁不见了。松山草原的故事，已如烟云，消逝在历史的深处，或者以零零散散的文字，安放在史书的某个页码里了。而古城，就如散落在史书中的一枚脚注符号，解说或者证明它曾经的存在与过往。

史上，这里曾经风卷云起。厚厚的城墙，承载着具体而实在的明确心愿。防御、攻守，这是城墙的使命。承载了使命的城墙，犹如遗留在岁月里的一方碑刻，笔走刀过处，镌刻下历史留下的印痕，又像是一枚夹在史页里书签，记下了某段史书页面里的阴晴圆缺。

土夯的城墙，经了几百年的风侵雨晒，已经如一个垂暮的老者。城池里，所有的印痕早已被厚厚的黄土覆上。那些修池护城的将士呢？那个叱咤风云、声赫西凉的达云将军呢？那些驮了丝绸茶叶的马帮驼队呢？泥土剥落处，似乎有意留下时光的破绽，让历史的力量露出蛛丝马迹。几多铁血的男儿，几段

儿女情长，都夯在了厚厚的黄土城墙里。

一座城池，站在时光里几百年。城里的人去了，城里的马殁了，连护城河的水也早就干了。只有这泥土夯就的土墙，如松山滩上的芨芨，坚韧地站在光阴深处。终究，能和岁月抗衡的只有这座无言站立的古城了。

据说，古城还有一个名字叫牧羊城。心想，古城的使命是战事，哪有闲地闲情闲人来牧羊呢？一定是狼烟熄了，兵退了，城毁池废了，古城完成了自己原有的使命，才沦落成了供羊进出的城了。

据说，达隆仓的马也在这儿蓄了膘，才闻名四野。那些驻过古城又荣光四耀的达隆马们，它们是紫骝呢，还是菊花青？它们像青骓，还是如飒露紫？每年六月六赛马会场，那匹在黑马圈河草原上披云激电若从天来、最最帅气的十三马，骨子里一定依旧流淌着它们血液。那个有幸披挂过康熙皇帝钦赐的纹龙鎏金马鞍的马王子呢，一定也嘚嘚、嘚嘚地踩着骄傲的对侧步，曾在古城里气宇轩昂地进进出出过。

这个偌大的城池里，必定有一些东来西往的商贾们，在鞍马劳顿时歇过脚，为他们赶赴下一个繁华重镇，实现富甲天下的梦想而养蓄精力。一定有一个惜兵如子的将军，在一个雪花漫舞的夜晚里，命伙夫熬了浓酽的老砖茶，奢侈地加足了粗盐巴，或者温了几壶老酒，在冷寂的城池里，用酒和茶的温热，暖热老兵们清冷孤独。也一定有个守夜的兵夫，用脚步一步一步地丈量过晨钟暮鼓里一个个寒瘦的夜晚。

松山大战的火光点亮了黑黑的夜晚。据说，松山大战后，这里残阳如血。据说，守城将士的思念，与松山滩上的芨芨一样，也曾疯长。物转，星移。城颓，人非。万千的魂灵，在黑黑的风里找不着回家的方向。刻骨铭心的呼呼劲风，如刀光剑影的凌厉，让城池感受了灼痛并放下了所有的尊严骄傲。

如果历史可以回望，真想亲眼瞅瞅，千年的松山，曾经如何丰饶。松山，松山。据说，这里森林连片，据说这里牧草丰盛。总爱一遍遍地幻想，那大片大片青葱的松树，漫过南山北坡时，松山的天空会是多么得清透，那南山水流、北山草酥的又会是多么丰美。

随意在古城里走走停停。荒径，疏草。一丛连了一丛的冰草和茇茇，经了秋的风雪霜尘，瘦硬的如同西部高原上的人。几片手大的陶片，半隐在黄土里，浅露褐釉的笨拙粗劣。这些碎片，前世里可能是某位将军的酒器，抑或是哪个士兵喝过砖茶的碗，而今生里，只以一片残陶的形式，记述过去。

古城里，《新射雕英雄传》剧组取过景，搭建的蒙古包、草垛和瞭望塔造型还在。古城，古城，适合演绎英雄故事。仿古的战台、军帐、兵器们，依稀还原着一些城池旧的英雄气质。

说实话，相比古城曾经的金戈铁马、战火狼烟，心底里更爱这站在今世阳光下的古城，安定，平和。更愿意，几百年前，这城池里，曾经风涌云集的只是松山古道上东来西往的商贾，怀揣的只是富甲天下的梦想。或者这里只有过依依墟烟，暖暖人村，能听得见是柴门犬吠、桑树鸡鸣。

草木青黄松山秋

秋临松山。

草原便像是一张铺开的巨幅宣纸。而风呢,犹如画界的无影高手,东涂一笔,西抹两袖,随意地这儿一涂,那儿一点,皴皴擦擦间,草原便天成了一幅斑斑驳驳的画。

蓝天空,白雪山;褐土地,黄芨芨。远山如黛,近地苍茫,而大片大片藜麦,则如激情燃烧的写意,热烈,妖娆,风情万种。

其实,松山的秋,原本是有些烈的。

北雁衔霜过后,草原上的秋,就立刻变得有些不近人情了。风,犹如隐了青光的利刃,以彻骨的力道与气场楚歌四起。呼啸过处,似乎有冰凉可触的箭镞嗖嗖地划过。冷,则如一个沉默的杀手,带着骨头深处嗞嗞外渗的寒气,步步逼近。一切,如一场周密蓄意的围剿,充斥四野的,是自然界嚯嚯的杀伐之音。

那些稍稍强壮点的草木们还在努力挣扎着不肯俯就,原本弱小一些的,便早早地认怂了,很快地低头奄脑。其实,现在的松山滩干旱,又多碱,哪有木啊。说是草原,草也并不丰饶。草们也早早地在劲烈的风里失去了草该有的酥润,就像经久西北风吹的女子,温润不足,瘦硬有余。

本来就茶茶的草们,只蓄了半夏元气,终是经受不住早至秋风的猛劲。连春天都没有穿过红肥绿瘦的衣裳,这下更是低眉敛首的,换上浅白深褐的破衫子,簌簌地交了械。

可是,这早到的秋,这秋里烈性的风,这风里的彻骨的冷,挡不住走近松山的渴望,挡不住走向草原的步履。

记不清了,是第几次来了。一次,两次,三次。来了,还想再来。松山,如画,亦如梦。来一次,惊一次,次次惊心。松山,犹如心底里爱上的那个人,不见想见,见了还想见,早已久久住到梦的深处了。

此时,上午的阳光,如大笔大笔调子暖黄的颜色,漫不经心地泻洒在松山滩上。阳光的温暖似乎抵减和削弱了风的冷冽与寒凉。

远看,四周的山,着了黛青的衫子,如大块的墨玉砌成。山顶覆了雪,托着瓦蓝的天空,如一块大而清透的宝石,镶嵌在神器上,透着安谧而高贵的蓝。天空清得如一泓澄澈的湖,镶了玉质的边,静如处子,洁若玉女。白与蓝,最纯净的颜色,如无欲的情色,在天上最美地相遇。

近处,一墩,又一墩的芨芨草,连成片。一大片,一小片,浅黄深白,像是秋湖上的芦苇,在风里猎猎地摇摆。

说松山,一定得提芨芨。芨芨是松山标志性的植物。它以极简的方式生存着,对生存的欲望,降至最低的点。这里土碱地瘠,天干气旱,只要有老天恩赐偶洒些雨露,芨芨便可以见或不见的方式,长大,长成丛,连成片,风神摇曳在整个夏天,恣肆地长成草原上最美的景致。

白露为霜,芦花正举时节,芨芨完成了自己的使命,长成了松山滩上的箭镞,用至简线条的形式,呈现生命的坚毅。扎根松山的芨芨,就和扎根松山的人一样,坚韧,不屈。见过芨芨草后,人会活得更透彻一些。读懂了芨芨的一生,便会明白,

世上一切，莫过如此，至简洁，便是大丰盛，能坚毅，便是大胜利。

田野里，有些庄稼已经收割了。麦子垛垛摆放的极有情致。四个麦捆一组，搭成小山状，形若塔立。其中三个麦穗向上，倒竖坐稳当成基底；一个稍大的麦穗顺披如笠，谓之"帽头"，以防雨水积内，麦仁生牙。又三五垛成行成列地排好，摆放得齐整有序，既便于计数，又极具美态，且颇有一些期待收成的隆重形式感。

相比较，燕麦草的捆子，收拢得就稍稍有些随意。燕麦的青色还残存着，证明着它曾经的青葱。豌豆的捆子，很潦草地拢裹在一起，黑沉沉的，就如一个生活不太如意的中年女人，不修边幅，粗头乱发地，胡乱地撂在地里，只要根部向上摆放就行，似乎前生来世，都不曾有过豆花盛开时的万种风情。

夏天里，松山滩上的胡麻盛开过蓝茵茵的花，燕麦摇曳过绿油油的穗子，油菜籽也做足了金灿灿的梦，豌豆和洋芋呢，更是将红的、粉的、白的花花儿开得景致万千。它们踩着季节的点来了，又顺着节气的步子走了。就像是人，来到这个世上，又离开了这个世界，没有理由，只重过程。

那些还在热烈烈地生长的妖娆的藜麦们，它们是滩上新驻的移民。初来乍到，热情不减，还在秋天褐色的土地上忘情地生长。据说藜麦的老家在南美，也有人说，它们从遥远的青藏高原来。它们是带着愿景与使命而来的，落户滩上，只为福祉。

暖暖的阳光下，藜麦体格硕壮，籽实饱满。成片成片的，赤橙黄绿纷呈。好像是一个精气丰沛画家，用足够人力，将足够的藤黄、赭石、朱红、花青随意调和，恣情泼洒，任笔涂抹。蓝天、白云、苍山相衬下，藜麦们盛装艳丽，风神摇曳在冽冽的风里，如古巴美女的风情、热辣，美得恣肆炫目。

草原的秋里，旺旺活着的，还有紫灵灵的马鞭草呢。仗起刺刺刺的秆身，顶着星星点点又密密匝匝的紫蓝色小花朵，枝枝蔓蔓地抻开，似乎有一团浓稠的紫气正弥散开来，又汪洋成紫蓝色的海，在风里漾开波纹。置身于这样的景里，不由得产生短暂的恍惚：我的个天，不会是遇见了普罗旺斯庄园的薰衣草吧。

着了藏裙姑娘们，扬飞着彩色的丝巾，穿梭在藜麦间，花丛中，笑着与花儿媲美。其实，姑娘就是花，花就是姑娘。想起一句话，幸福不幸福，看姑娘的脸就知道了。

一个牧羊的黑脸白牙老阿卡，看着姑娘们忘了神，也忘了自己的羊群。羊们，像是散落的白色珠子，早已滚向草原深处。

秋临松山，阳光漫溢。不由，亦生欢喜心。

天堂小镇

孟春的阳光,不骄,也不躁,温温地落在天堂小镇上。镇子在暖阳的抚慰下,呈现稳和的姿态,如一个教养上好的人,平静而安然地打量着世间百态。

走进镇子,风很轻,空气很润。舒适的暖意如柔软无骨的酥手,轻抚全身,心境顿时变得柔软、纯净而澄明。

细视,环绕镇子的山,真像是人们传说中盛开的八瓣莲花。山体全涂染了新鲜的绿,浸足了水,呈现玉的温润。山和山接着,相牵了手,撑起一环湖水般的蓝天,清透得如一在面澄澈的湖。而云呢,白的就如大朵大朵盛开的棉花,厚实绵软,闲闲地,似乎正在偷了空儿小憩。所有一切,清静安和,叫人心生向往,并自甘陷落。

梦里向往的瓦尔登湖,亦无非莫过于此吧。

忽然生出了奢侈的幻想,在这小镇上择地建房。早上看看太阳,晚上听听水声。或者,就在这个小镇的阳光下,酣酣地睡上一小会儿,做个短短的梦。

拐过天堂大桥,就走进了天堂街。临街房子们,都是新近修的,三层小楼,不高,却极整饬。白粉墙,蓝、红的屋顶,点饰着暗紫和明黄色的藏族文化元素的图案,有着平实的低调子。白白绿绿、紫紫黄黄的色彩,与蓝天白云们照应着,看不出颜色庞杂的烦琐,倒也有相得益彰的和谐。

小楼多数是商铺,经营着各自的营生。一家铺面,专门经营着民族用品。玻璃橱窗里，陈列唐卡、藏刀、酥油，各式的菩提串珠，还有绿松石及银饰品。诸如此类的，琳琳琅琅，色彩艳丽，多而杂。有些制作工艺精致，有些略显粗糙。

脸膛红黑的店主认真地推介：这是正宗的好货，那是仿冒的地摊货。同来的友人看上一枚品相好看的绿松石。店主阻拦，说是用细粉压的，不是地道货的。他眼神清亮，诚恳得叫人恍惚，好像他不是卖自己的货，倒像是评判别人的东西。还说，看上想买也行，不卖随意。诚心要真货的话，他帮忙去别家店里调几样真品来，只是价格略贵些。

店里醇厚的酥油味道，极浓重，弥漫在所有的缝隙里，硬生生地钻进鼻孔里。原是不喜欢这味道的，生活的久了，喝多了藏家的酥油奶茶，走近了他们的纯朴正直和崇善向善的生活，也日日接纳了酥油，渐渐体会到它略略怪味后的真香。

店正中挂着一幅羊皮画，画上白牦牛的披毛顺滑，与着了藏裙的卓玛温顺地相依。一米黄澄澄的阳光，斜斜地伸进店里，光线里能见到粉尘星星点点地上浮下飘。浓浓的藏香味道，厚而重，让人微醺。心里想，这画上的牦牛可真是幸福，能晒着天堂的太阳，又被温柔的姑娘宠着。

看上一串菩提手链。店里的女人说，这是星月菩提。细看，每个菩提籽上，有一大眼和数不清的小眼。据说，大眼就是月亮，小眼就是星星。或许，本来就喜欢菩提吧，又多了"星月"两字，更喜欢这兼有着木和骨的质感，便不加犹豫地戴在腕上。管他呢，在一个美曰天堂的镇子上，碰上了串菩提的手串，就像是在合适的阶段碰上了合意的人，就当作一种缘分吧。只要心里喜欢的，便就是最好的。

天堂广场不大，但有一种平静宽博的气质。最中间是一雕

塑，金黄的象，背负着洁白的猴、兔、鸟，一层，一层的。周围用鹅卵石铺成的四朵祥云，环绕了四瑞，组成一个和睦友善的图景。同来的友人说，这叫"四瑞祥和"。

后闲来翻书，知道了这雕塑是有来历的。据说，某个地方，一只贡布鸟衔来一颗种子，洒到地上。一只兔子看见了，便刨了一个坑，把种子埋在土里。不久，种子长出了幼苗。一只在山林里玩耍的猴子看见了，用树枝把幼苗围护起来，并拔除了四周的杂草，护佑小苗。一头大象看到这一情景后，也参与进来，每天不辞劳苦，用长鼻汲来山泉水浇灌。幼苗在它们共同的精心呵护下，一天天地长成了参天大树，结下了累累硕果。它们又将收获的果子分给山林里所有的瑞禽灵兽共享。在大家齐心协力下，它们变得食物丰足，生活的环境也越发地风调雨顺、四季安康。

四瑞祥和，多么好的意愿。团结友爱，和睦相处，互相扶持，互相成就是生存永远的道理。有四瑞镇守的广场理应平静安和，有四瑞启示的心灵，更应该光明透彻。信仰原本起源于情感。如果每个人的心境里，也置一幅四瑞祥和，那么这个世界会有多好。是啊，人好了，家就好。家好了，国就好。国好了，人更好。真的祈愿，四瑞祥和，四时安和，四处平和。

广场四边有树，几株高，几株矮。高一些的是松、柳，低一些的是柏和榆。中间植了连翘、丁香和一些叫不上名称的灌木，正热热闹闹地开着自己的花。

正是时和岁好、春行吉祥时。丁香花开三两枝，没有开到繁茂，却也很旺盛，香气已经袭人。暖阳普照处，所有的树木、花草一律隐了欣欣向荣的蓬勃，入定了一样地享受光阴赐予的安和。

游人不多，三三两两的，很闲散地走。一些是来敬香的人，衣着朴实，从外貌上分不出来路的远近，却一律显得不慌不忙。一些是闲游的客，走走停停，有的看花，有的注视着寺院，静静地谛听远处的经声。

远处，大通河水哗哗轻喧。近地，杨柳树叶婆娑轻摇。似有风拂过，不闹，反倒感觉更静了。风的声音很静，花开得很静，人走得也静。所有的喧哗，都在无声地隐退，安静似乎来自骨头的深处。这就是天堂，天祝最美丽的镇子。莲花样的山，聚拢了一块祥和的平地。树木，花草，河水，人家，在这里相濡以沫着，忘了江湖。

广场东面是正大的天堂寺。寺后的靠山，若莲瓣初绽，又像佛的手，款款地端捧了寺院。山体苍绿，如一抹底色，映衬着寺院的金碧辉煌。

寺院的顶上，闪着流动的金波，泻下缕缕的温和的祥光来。几只金色的小鹿，温顺地跪了前蹄。紫白两色的墙壁，界域分明，端敦而厚实。木鱼声四起，清脆如天籁。经声里，天堂寺院庄严肃穆得如同一幅秘境油画。

广场上，间或有僧人步过，一个，两个，或三个。他们理着很短的头发，着了褐紫的僧衣。老的，年轻的，还有少年的，与衣服颜色相近的脸膛上，波澜不惊。一律向前，微倾着身子，不言不语。沉稳缓慢的步履里，带着修炼的谦恭。偶有低语，也如清风，静静地掠过湖面。

这静，让整个天堂的光阴慢了下来。这慢的味，天堂有，也只有天堂能有。

随意走在小镇上，思想散漫，感受沉湎天堂的光阴里。一个小镇，能有天堂这么美好的名字，一定有配得上称作天堂的理由。

天堂雨细杏花香

春至天堂,山野芳草绿,片片杏花开。

初春的微雨,静静地落在山的缓坡低洼处,将亮晶晶的清透弥散在村子里。极平常的杏花,在细雨的滋润抚慰下,开出了鲜润的精神来。

远远地看,依山静卧的村庄,杨柳萌青,杏花绯红。多数的杏花树,就长在靠东的山坡上,斜依在人家的院墙上。像极了宋人的画,尽是简约的美、疏朗的境和辽远的意。

原本苍黄暗沉的北方小村庄,添了这杏花的斜影疏枝,竟生出了些辽远的意味,添了些散淡的清欢。又恰是逢了春天微雨,看着,竟会生出些许身处烟雨江南的恍惚。细雨霏霏,真是妙境横生。

那鲜红的,是将绽未开的蕾,正努了红丢丢的嘴,隐忍地等待。浓粉的,是正热烈烈盛开的花,有的还沾着清亮的水雾,湿漉漉的,呈着胭脂的粉嫩。泛着白的呢,也挂着小小的水珠已经接近衰败,快要完成使命了,一副听天由命的淡然。

其实,杏花,是天堂的探春。杏花开时,其他的草木们还都没有完全睡醒。即使阳洼处几丛性急的草儿发出了新芽,也还是怯生生地躲在旧年的荒草下探头探脑。杨柳枝梢,也只萌了浅浅的黄,似乎在探摸着这早春的阳光是否真的已经变暖,那风还是否如冬天般有着刀子般的凌厉。

这杏花儿,还开得真是时候。要不,又怎么能看出春天是否已经到了天堂呢？

　　近处看，杏树的枝干很苍老，有着粗劣的皱皮。相比其他花的姹紫嫣红，其貌也归属平常，并没有太多的风韵情致。可是，在这西北早春里的黄土地上，不见花儿红柳叶绿的，入眼的除了是三三两两的农房，就是发了黑的干草垛。那些拴在门口的老黄牛和小黑狗，也都在慵懒地打着睡意蒙眬的盹儿，提不起精神来。村庄真是寂静啊，如果没有这杏花绯红粉白的点饰，还真是有些太过暗沉的暮气了。

　　而这杏花，在初暖乍寒的早春里闹闹地开了，带着春天该有的气息和色彩，让黄土陈陈的乡野顿时有了鲜亮亮的生气。

　　用相机拍了，一张张照片，竟然幻生成一幅幅宋画小品。黄土小村里，这块儿疏柳横生，那块儿杏花斜倚。这一株红杏，两头黄牛，三间土坯房的，如高手作画，疏疏几笔，随意点簇，便成一幅简约的写意了。

　　杏花，形与梅桃相仿。瓣单薄，蕊纤细，弱弱的，有初生婴孩般的柔软细润，让人心生温软的怜爱。色呢，又介于梅桃之间，含苞时鲜红，开花后逐渐变淡，落花时又变成纯白色。道白，非真白；言红，不若红。真是说准了杏花的颜色，温软而不单薄。这让杏花带一丝梅的清寒，也有了半份桃的喧闹，开得温暖、理性。

　　春雨清浅里，杏花一边开着，一边凋着。树上的花，静静地开着，红红粉粉、密密匝匝地；落地的花，扑簌、扑簌地轻轻地落下，粉粉白白、柔柔弱弱。树上，开着是花的云锦；地下，落着是花的泥雪。人少至，落花完好。捡起，轻捻，滑腻得如同胭脂。几只黑黑的清瘦蚂蚁，怯怯地穿梭在花瓣间，一阵可见，一阵不可见。

这代表春意的杏花，应该是葳蕤的。可是这天堂春雨里的杏花，根本无意喧闹争春、竞芳斗艳，急吼吼地想去讨好谁，只是那么闲闲地静静开了，散散地悄悄歇了。清清远远的，一副随性的无意盛开和凋落。杏花开，杏花落。开开落落间，看不见太大的欣喜，太过的伤情。难道杏花也明白，这是花开与凋零，终是造化的宿命，得认。

是啊，花开，不要太过刻意，也无需过于肆意。一朵花，低调的开放是最好的，该开时就开，该歇时就歇，一随意。你看，梅开得太傲了，似在高处，有些不胜寒啊。桃又开得太闹了，俗得又到低处了。而昙花呢，又太高调了，蓄了全身的力就为那惊鸿一瞥，便倏然而逝了，让心惊。

这花开，多像是做人，太高也不成，太低也不成。得择一个合适自己的方式，好好活着，好好过下去。

人，该花红时，就花红。该柳绿时，就柳绿。到了该放下的年龄，一定要懂得收手敛心了。青春年少，如杏花红蕾。青年葳蕤，则如枝头的花，想怎么尽性，便怎么尽性。中年渐过，便淡如落花，悠然来去。年老了，还要背负一颗俗世的心，去争名，去争利，去争心里放不下的那口气，一定会伤着自己和他人的，万万不可啊。

看过民国时一组美人的照片，那叫个倾国倾城的。细阅她们的经历，真的就是一场花团锦簇的梦境。美人如花。盛开时，万人注目；凋零时，尘泥一片。一味地向上，努力，盛开，不懂敛约和回收，结果，往往与期望是反向的。

想起一个友人来。总说，要把自己活成一株开着花的树。心里想，这愿望真是有些过大了。想劝说，又找不到合适的说辞。只好由她，风里来雨里去的。终是在一步步地，在凄风冷雨里受了重重的内伤，在六月的天里，焐着电热毯子取暖，说自己凉透了。

世间荣枯，大都这样，有一定的路数。车有车路，卒有卒道。开花，有节气的定数。活人，也有各种的定数。年轻时也不信，年岁渐长，回首走过的路，经过的事多了，便也信了。活着，就得按路数走。

花事如是，人亦如是。

记得初写字时，很喜欢草书，就如青春时恋上那个整天吹着口哨的少年，浪漫轻狂。一辆老旧的自行车，载了自己，跑遍省府的新城旧街。年渐长，喜欢上隶书，迷在张迁碑的厚重朴拙里，一天天地变得老成持重。中年后，倾心于小楷，在中规中矩的点横撇捺里，褪去了青涩、张扬，渐渐懂得了取舍、隐忍和包容，一天天的持守里，想慢慢地养，慢慢地把自己活成一块淬了火的老铁。

活着活着，也就明白了，人生的路，就如这花开花落，该经的，必须经。

早春芳草远，雨细杏花香。在清浅余寒、春草初长的天堂，杏花讲着一堂人生的课。

香柴花开如紫幔

桃红杏黄的五月，香柴花开，紫色如幔。

三千多米高度上的草原，阳光明亮，空气清朗。白牦牛和枣红马们三五成群，在酥润的绿草里，悠闲自足。这个时节，所有的香柴花正酣醉在酽酽的情绪里，灼灼地盛开。

闻花名识花。香柴之名，集优雅大俗于一身。仅听名字，就能感觉它有一种空灵的美丽，又有一种村姑样的平实。

香柴花，其实就是野生杜鹃。曾经臆测，可能原为附近村民用薪之料，因为它不仅花香，连枝干、叶片都散发着天然清香，所以有了这么个文质彬彬又兼有些粗拙俗气的名字。

一般，凭借香味让人记住的东西，总会伴有一些高贵的感觉，或者给人一种低俗的影响，多少会拉开一些与人的距离，让人感觉神秘，甚至陌生，以致产生一种渴望接近的魅惑或者躲避远离的想法来。

而香柴的香，是那种沉着的、安静的，是低调、婉转、清淡的，甚至说带有一种浅浅的禅意的。属于那种木质的香，纯净的没有杂味，没有媚劲，没有妖邪气。就如一个浮世里平静淡然的女子，属于内外兼修的，美丽在本质里，不事半点张扬，却足以让懂她的人仰望。

将这样一个曼妙的"香"字，冠在了粗糙的"柴"字前面，美丽而又朴实，竟生出些翩翩的意来。似乎有双手，将人的想象从仙境里拉入尘世的烟火味里来了。突然间，觉得，这香柴花,就是介乎人仙两境的女子,灵魂在高蹈地舞着,而肉体却低矮在凡间默默存活。两种截然相反的美丽,在一株植物的身上接轨,让人纳闷、痴迷,甚至恍惚。

香柴花的气质,恰似一个饱读诗书的女子,绝对的精神高于容貌,生在尘世,贴近地面,经历风雨,却仍然纯净的旁逸出尘。最终,质洁来,还洁去。腹有诗书气自华。也许,通体的清香,是内心美好的外化吧。

沐在香柴花香里。顷刻之间,这香味让我思想:人也该把纯真的香气保存在生命里。一株香柴,以这样美好的方式站立于世间,用内在的芬芳证明着自己的存在;而一个人,却总游走在所谓的梦想里,以混浊的财富及权力证明自己的成功。看来,主宰万物的人,在某些时候,的确不如一株植物美好。

香柴花的紫,是沉静的,有些忧郁的。花开时分,整坡整坡地,若漫了一坡一坡紫色的烟云,在青山绿水间犹如锦样铺陈。那一季,花海漫漫,是紫色的盛世,是香气的氤氲。蓝天白云下,草原因紫色的洇染而绽放出另样的光泽,低调的大气与铺张的奢华在阳光下共舞。

据说,紫色是由温暖的红和冷静的蓝化合而成,是让人不易忘记的色彩,是高贵神秘略带些忧郁的颜色。这低矮的香柴,拥有了通体的清香,又兼有了这样的色彩特质,难道也是一种契合吗?或许,缘于戴望舒《雨巷》营造的美丽意境,因为喜欢如丁香一样结着惆怅的姑娘,许多人喜欢丁香的紫。然而丁香的紫比起香柴的紫来,多了喧哗的纯粹,少了些野性的浓烈。如果你有幸,见过了香柴花铺陈开来的紫,你就一定会相信了色彩是有味道和重量的,是有情绪的,那是忧郁又热烈的,梦魇而清醒的。

兰生有芬

香柴花开，开得让人惊惧。石门的香柴不高，最高也就一米左右，有些低矮，似乎有种贴近地面的虔诚和谦和，但开起花来却精致而繁缛。一根主干上分出很多丛枝来，每一枝上又杈出许多枝，一枝枝上又开出一簇簇花来。一株株，一丛丛，几重重，唯恐开不尽心，生怕开不惊艳。一坡连了一坡，一坡坡又连成一山山，最终漫山遍野。一年只开一次，仅开一次，连一个季节的时间都不足的时间里，开花开得漫山遍野，野性十足；开得情绪饱满，激情四溢。那么纯粹，那么认真踏实，那么奢侈，那么如痴如醉，尽心习力，甚至有些铺张的奢华。

每次目睹香柴花开，就好像目睹一个情笃意深的女子，正在遭遇一场美到极致而又绝望到极致的爱情，怀揣着秋以为期的承诺，犹如扑火的飞蛾，在浓烈的夏日就那么不管不顾地灿烂开放，尽心尽力地把自己的美丽与香馨呈上。一个优秀的人，他的善良与理性、接纳与包容，以及因为睿智而无人企及的高贵，都成为被念想的理由，会让一个女人不管不顾地芬芳。

香柴花间，不时地流淌着浓酽的"花儿"。漫漫溻溻的渴望，如慕如怨，如泣如诉。甜蜜得让人揪心，疼痛得让人甜蜜。痛着，爱着，走在锋刃上的幸福，实在沉湎得让人纠结。是啊，爱上一个人，万劫不复。没有一个人不明白，爱情只是那破茧而出的蝶，美丽只在瞬间。虽然结果千年亘古未变，却千年有人心甘情愿地前赴后继。这花，就这么心甘情愿地开，开得灿烂美艳得不能再灿烂美艳，一季又一季；这人，就这么爱着，爱得肝肠寸断得不能再肝肠寸断，一代接了一代。有人统计过，两情相悦，只有短短的六个月。真的怕伤，宁愿"执子之手，与子偕老"，宁愿相信会爱到六千年，爱到六万年。

看见石门的香柴开花，总禁不住地想起曾经端坐石门寺院的仓央嘉措。只有几十年匆促的生命历程,却成就了一个三百多年的不朽传奇。端坐佛门的,是六世达赖;情若琉璃的,是仓央嘉措。

佛说了:不说不说,一说便错。人生仿佛是一出戏。我们不要说破。只要,我们的心中盛开着一朵白莲,她就不会再凋谢。人们要做的是,演绎好如香柴般美好的主角。

从美的角度看,严格地说,香柴花并不是最美的花,花朵有些小,少了些名花的雅致、高贵。但是,香柴花开酣酽,认真执着得让其他的花儿望而生畏。试想,还有哪一种花可以遍开山野,燎原一座大山呢?如果,一个人也有了如香柴花开般的决心,还有什么不能面对的东西呢?

花不懂,人也不懂。满,则生憾。花开得这样热烈极致,想要表达的是一种完美。然而太过完美,反生出一种憾来。就如月的美丽并不在满月时分。有人说,世上最美丽的是残缺美。美到极致,就少了一种让人遐想及奢望延展的空间。人与人之间的距离,何尝不这样的?所有渴望完美的人,总在零距离时,与情分擦肩而过,空空生出满心的遗憾来。

佛教上说:一弹指顷六十年刹那。能将弹指间的相守修得圆满,已经很是福气了。花朵,人,千万别令心生痛,千万别只为这一季,只为这一次,拼尽了全身的力来。其实人生,就如在洁白的宣纸上写字作画,要懂得经营留白。知白守黑是一种境界。很多的时候,过,犹不及。凡事,当适可而止。

一次爱,就是一场开花。一过花季,香柴花凋落。初夏漫不经心的阳光下,曾经是紫色如云如幔,曾经是花海汪洋,花朵灼灼,永远葳蕤,永远不凋的样子,却转眼间颓然成泥,来不及伤感,来不及流泪,就落在地上,就那么清醒着,一朵一

兰生有芬

朵地相依相偎着零落成泥或等待做泥。

时光如水，花红不再。世间所有凋谢无可阻挡。凋零其实就是美丽的别样体现，犹如黛玉洁洁香魂的飘逝，犹如玉碎。万物都有轨迹，不可僭越。在生命的起承转合里，要懂得取舍。花与人一样，都是经历的故事，回归是唯一的结局。尘，终要归尘。热闹总是短的，寂寞一直是长的。

香柴花，不清高，不冷艳。她没有曲高和寡的菊的冷，没有高尚清艳的莲的洁，只有一颗颗热烈饱满而芬芳四溢的心，深情地凝聚在一起——倾其所有，给你，给他，给我，给世上所有的人，包括了她的灵魂、身体和所有的情感。

宁愿相信，香柴花是有性灵。这么美好芬芳的东西怎么会没有灵魂呢？凡是美的、善良的事物，都是知恩的。天生万物以养人。受草原上土壤阳光雨露的惠泽，她们便把一季的绚丽与清香回报了草原。而人呢，受了多少天地万物的恩泽呢？

"知我者谓我心忧，不知我者谓我何求"。 而谁又懂花心？

亲历香柴花开的过程，枯萎与陨落已经无关紧要。因为一时的绚烂已经足以诠释生命的全部意义。心里的花朵，应该是这样，兰质，木香，热烈地生长，灿烂地开放。

七月在野

七月在野。

高原上的浅青浓绿连成一片，森森郁郁的，像是铺开一块绿色的丝绒毯子。阳光从天上铺下来，无遮无拦地照在大野间，勾画出山野的阴阳合和。原野之间，牛羊白，青草绿，蓝天清透。

七月之野，青草作秀。山珍野菜们承沐天泽，蓬勃生长，欢乐地活成了这段光阴的主角。它们，似乎瞬时得令，一起齐刷刷地生长，以难得丰茂，助长四野的底气，与阳光、雨水、和风一起，补注着高原单调的烟火日月。

一场不急不慢的雨后，天祝草原像是清水濯过一样，变得生动暄泛。绿色从低处荡漾开来，泛成一片片绿色的海，一波接了一波，向高处漫涌，与天相接。草地连着草地，一路疯长，旺了整个七月。丰茂的绿，织成了绵软的厚毯子，柔柔地披亚盖滩。天空阔大，草原安然。

七月，是高原上最最温柔的时光。此时万物丰硕，草木青茏。所有的植物，都像是从春秋的《诗经》园子里走来荏苒，让天祝的野外变得生机盎然、有情有义。山珍野菜们，凝聚了美好，悄悄地生长，长成世间种种惊喜，又经了人智慧的成全，变成舌尖上的美好！言不尽。

雪域高原纯净的水土，滋养了山珍野菜们高端的品质。在绿的宁静、温软、安和里，高原惬意地成了山珍野菜的园子。

松树底下，柳树身上，杜鹃丛边，鞭麻墩里，草丛中间……鹿角菜、柳花菜、野葱花、羊肚菌、地达菜……大野之珍，星星点点，不胜举。它们，就像天赐的宝贝精灵，随意地散落在山野间，随时给人惊喜。足之所至，随手可触。一蓬蓬，一簇簇，集了天地之灵气，吸了日月之精华，将大自然的精髓变成人间美好的食材。

它们带着山野的气息，涣散着原野的芬芳，清新而鲜美。似乎是那些千年本草，正悄悄地跨过时光的栅栏，带着清欢味道，走进人间的光阴，释放暗蓄经年的芬芳。

想一想，圣洁的雪山，纯净的高原，山珍们长在这光阴深处，朝饮高原坠露，夕食草原落英，个个都含英咀华。真是难得的好东西！

好东西不易得。在海拔三千米以上的地方，顺着金露梅、银露梅的芳香牵引，浅草滩里，厚苔藓中，仔细寻找，才能找见。

鹿角菜，高原上最原始的菌类。多好听的名字。好名字，源自于它的好样子。鹿角菜长在松软的苔藓里，高二三厘米，像个被宠溺的小孩子。它的形状，如高原上梅花鹿头顶权开的角。颜色泛旧，与旧青铜的灰绿接近，绿里还透着微微的黄。看见它，会让人想到远古，想起传说。

柳花菜呢，一般长在老柳身上。柳树经了雨润，粗糙的树皮缝隙间上，密密匝匝地长出菌丛来。它们寄生在柳树身上，状如小花，故得了"柳花"这个极好听的名。又因形若木耳，浅绿色里泛着灰白，又名绿木耳。相比较黑木耳的厚实来，柳花菜多了些薄软，有轻灵的美。

这个时节，所有的野山葱似乎也都蓄足了力量，努力地顶出一骨朵、一骨朵的花蕾。它们骄傲地长在石崖上，我们叫它石葱花。造化的安排真是奇妙，一株株纤若兰叶的美草，应该柔柔地在和风碧草间轻歌曼舞，却硬是将君子香草样的风雅带到寒石瘦土间。

世间草木都有灵。草本，本草。它们经了尘世光阴一遍一又一遍地打磨，吸纳了岁月之灵气，饱含了天地之润泽，才蓄积了活着的足够底气。它身上带着自然本味的清新，又焕出了各自特有的清鲜。

一直觉得，这些山珍野菜，就是一株株生长在春秋光阴里的荏苒，只适合美好地活在《诗经》里，让人作诗三百，轻吟浅唱，而不应该跌落在尘世里，果人口腹之欲。

然而，江湖展卷里，聚拢的是俗世的烟火。风味里摊开生活，织成的是有情人间。连老子也说过"治大国，若烹小鲜"。将饮食行道与治国比肩而论，可见食之伟大。真不虚食为天的理。食之道，便是人之大道。

山珍自带的清香，丝毫没有违和感。可以任意混搭，它们对美食没有破坏，只有成全，可称食材众生里的君子。大野之珍，来自天然，自带天地合和之气。

鹿角菜、柳花菜、羊肚菌、地达菜、野蘑菇同属菌类，吃法相似，可热炒，可凉拌，亦可做汤。最常见的做法是凉拌，经过冷水泡发后，再入滚水中焯。不同的是，有的需要微焯，有些需要久煮。

若被日渐厚重的浓油赤酱宠坏了味觉，而生了食之无味的沮丧，失了吃饭的惊喜与快乐时。那么，来天祝，尝大野的山珍野菜，返璞归真的口味，便会入定清幽旷远的意境。

采了山珍野菜，仔细地择去上附着的泥土屑和苔藓丝，冲洗干净，先过水焯出，再根据个人口味喜好，放适量的调料，

炝些姜汁、蒜末、辣丁来，便可在保持乡野真菌的鲜美清爽时，又能吃出时蔬时尚清新气息。

凉拌了鹿角菜，或热炒了鲜蘑菇。一道散淡而清香的乡野风味理直气壮地堂皇而出。来碗黄米饭，或者山药搅团，要么就来碗本地的青稞面搓鱼子，吃出来的就是清新、自然、随意和放松，最重要的是吃出一种满足感，会忽然觉得活着真好。

或者，就来碗野葱花揪面片。烧开水，切入几片白萝卜、青菜叶、西红柿，揪拇指大小的面片入锅。待不稠不清刚刚好时，撮一小撮野葱花放入，用滚热的清油"嗞啦——"一下炝些花椒、姜粉细面。一碗散发野葱香的面片隆重出场：汤清面白，又漂着一朵一朵淡黄微焦的葱花，纷纷繁繁的热烈。一碗汤面下去，会有喜悦升起，仿佛寒冷里有火升起，令人温暖，世间的所有暗淡便会在瞬间里隐退。

用柳花菜，可做一道极清鲜的美味——柳花鸡蛋菜。不用多调料，只需少许盐便可。鸡蛋黄、柳花绿的，仅看一眼，便会有春风在野的感觉，吃出的是很清新的感觉。用柳花煲汤也是，清清亮亮的，特有的清香，诗情画意的美，让人心神放松，觉得活着不累。

大野天祝，山珍野菜，四时都有惊喜。春天的虫草，夏日的野蒜、秋日里的草菇、地达……各自修行，吸纳天地雨露，在山水草木间，顺天应地，被一一成全。转而，又有情有义，滋养人类。

如果心累了，那就来天祝吧。一起沐着晨光露气，徜徉草地间，采柳花、拾鹿角、摘葱花……沐在山野的蓝天、白云和阳光下，一起回到春秋的野外，邂逅草木，与风一起变轻，同草一块茂盛。

七月在野，与之共美。

良马天来

　　光阴无声。粗粝的高原，老道地将岁月铺排成庾信笔下的赋，苍老、深沉、旷远。

　　曾经赫赫的汉唐光阴，如一位智慧的神，顺着河西尖硬而寒瘦的风，阔绰铺开一路的丝绸、盐铁、砖茶，让古道因此而变得温软富足，蜿蜒伸长着东西的繁华。

　　远离海洋润泽的河西，植物和人们一道，倔强地生长，成就苍茫而厚重的品质。稀有的绿色，在久久的干旱里执着地肥嫩酥润，奢侈地铺排在河西走廊。

　　古道的光阴里，一株株瘦硬的青草尖上，露珠清亮。或走、或跑的骏马们，风驰电掣。这些健硕的马儿们，曾经在古道的白天或黑夜里肆意地打着仰天响鼻。它们放浪形骸，骄傲嘶鸣，洒脱得快成一道道天际的闪电。

　　"人中吕布，马中赤兔"说的是良骏美驹的佳话。良马随好汉，佳骏伴英雄。世间豪杰们在北拓南展中，一路过五关、斩六将，写下千里走单骑的雄浑篇章。

　　民谚说"镇武三岔的走马胎里带"，可见从千年光阴深处走来的"岔口驿马"，便是那驰行在高原人心间的飞黄、赤骥。它们如追风、绝尘，似凌云、飞香。一匹匹，如少年英俊，飒飒地抖着绸缎般光亮的鬃毛，自信地迈着对侧步，嗒嗒、嗒嗒地踩出优美的平平仄仄，英姿飒爽。它们披云激电，若从天来。

　　过乌鞘岭，东行几十里，便可至那个与马共声名的村

落——岔口驿。岔口驿,东向可接黄土高原,西行能通青藏高原,北往则达内蒙古高原。地处三岔地带,因为交汇,所以繁荣。这座古老的驿站,曾经良马进进出出,集散传递着东来西往的重要物资和讯息。

芳与菲歇,霜随柳白间,几百年光阴如同晓梦,恍若一阕归去来兮辞。

顺着古老的光阴隧道,努力地找寻一些古驿的蛛丝马迹。与安远驿、金强驿,武胜驿这些名字一起,岔口驿这个曾经赫赫有名的古驿,已经浓缩成方志边边落落里的寥寥数语。与西北所有的古驿站一样敦实朴拙,仅剩黄土夯就的墙,围拢一个方形的庄廓。犹如一枚金泥大印,稳妥地拓在高原深处,讲述曾经过往。

好在还有岔口驿马,以它独有的特质,赓续曾经的荣光。

史说,三皇五帝时,马已被驯化,归人役用。《周易》有记"服牛乘马,引重致远"。至西汉,《相六畜》又以洋洋三十八卷,津津乐相马之道。而《三字经》里"马牛羊、鸡犬豕。此六畜,人所饲",早已将马列为六畜之首。阴山岩画,更是以五分之二强的马图画,坚韧地记述马的史事。

足见几千年前,马与牛比肩,为人类添力,变成了人类默契的朋友。农耕贵牛,游牧重马。驯化植物是农耕民族生存之道,无疑,驯化动物则是游牧民族的生存必需。

旧历记:以鸡狗猪羊牛马人命名正月前七天。初六是马日,初七是人日。马与人最近。隐约之中,似乎是上天拟好的万物序号。六畜中,牛羊鸡狗猪皆为美食之列,独马不在,只有后方失控,军中断粮临危时刻,才有阵前食马救急的无奈。如此,马与人,早早地惺惺相惜,成了朋友。

在古代，马之重要，超乎想象。南船，北马。马者，甲兵之本，国之大用。在北方，得马者得天下！春秋肇始的驿站，因为马而历久不替。曾经"千山鸟飞绝，万径人踪灭"的河西古道里，马更是最重要的兵器，可与后来的坦克、装甲车比肩。那时，拥有良马劲弩，便是拥有独步天下的底气。

《周礼》记了马的分类：繁殖用种马、军需用戎马、礼典用齐马、供驿用道马、狩猎用田马、杂役用驽马。可见，马的世界里，也是级级森严。或骐骥一跃，或驽马十驾，似乎早就从"胎里"就注定了路数。

至赫赫大汉，物产殷实，实力雄浑。而匈奴人有胆屡屡犯边。他们的底气，便是坐拥了丰厚的良马资源。此时，乌孙有西极马，大宛有汗血马，都是顶尖的好马。汉朝着实羡慕啊！然而，胡马不得买卖。智慧的汉王朝，用日常的物资交流，不动声色地从民间交换来一匹匹优质的马。宝马西来，荣光闪耀，自是不虚千里马之名。

张骞三使西域，控河西，开丝路。他的梦想里一定飞驰着一匹匹风行天下的宝马。青春年少的霍将军，出征河西时，能日行千里，夜行八百，他骑的是一定也是一匹"天马"。

到唐代，"既杂胡种，马乃益壮"。待唐太宗御马天纵时，匹匹良马皆神品。据说，骏马们无一例外，浑身都流淌着胡马的血液。

马上得天下的元代，更是靠马接连驿站，维系着所有汗国间的往来。据《马可·波罗游记》记述，此时每个驿站的马匹自二十至四百不等。

如是，如是。明清时的岔口驿，也一定是良马济济。那名镇西陲的达云将军，戎马倥偬、拓收松山时，他的坐骑一定是

良马中的良马,堪与赤兔、飞黄比肩。

史书很沉,史页很重。学养的欠缺与短识,无法精准的断定。只好收回目光,仔细打量。

闲翻画册,张萱笔下《虢国夫人寻春图》里,一片桃花色的纷拥里,马儿们低眉敛首,碎步踏春。而清代郎世宁笔下的马,也是一律养尊处优的肥,似乎失了马的英气。一直以画为马作传的徐悲鸿,纸上天下,良驹嘶鸣。一幅幅地比照,努力寻找,里面依旧觅不得岔口驿马的影子。

有些伤感,也许西北偏居一隅,识马的伯乐常有,而画马师不常有。真是合了俗语:台子的大小,决定声名的远近。良马图册里,也是难觅"岔口驿马"的影子。或许,这也是马的命数吧。我是认命的,估计马也得认。

好在,有"马踏飞燕"的横空出世,尔后被树成了中国旅游标志。铜铸的奔马,拥足了健劲的张力,飞驰在天上,高翔在云雀之背,携着大风歌,昂首嘶鸣,以矫健的雄姿,穿越千年风云。

天底下的马,似乎走得都是交叉步。独凉州天马,以优美对侧步飞翔天下。

而"岔口驿马"与那嘶鸣着、奔驰着踏燕而行的"天马"走着同样优美的对侧步。这也不禁引得深思,岔口驿马和凉州天马的前世今生里,它们的身上一定流着同样的血液,也一定驰骋过同一片草原,守护过共同的疆土。

再仔细端详,那匹"应策腾空,承声半汉",载着李世民入险摧敌、连战八捷的特勒骠,走的就是优美的对侧步。昭陵六骏的浮雕中,特勒骠自信地左侧两腿抬起,右侧两腿同时着地。这一侧腿同起同落的对侧步,须是经过严格的训练,才能达到的仪仗步法，真可谓训练有素。想必，它一定与天祝岔口驿马是前世的宗亲。

高原走马，天下无双。

天祝是"走马的故乡"，每年都有盛大的赛马会。赛马分跑马和走马两种。跑马拼快，走马比势。跑要跑出洒脱，走要走得帅气。或走，或跑，都相貌俊美，以各自潜质，将奔驰演绎成近乎飞翔的艺术。

农历二月二、六月六，金强川的风中，黑马圈河谷的雨里，抓喜秀龙的草原上，偌大的草原上，帅气的马儿们披红挂绿，英鬃飘动，尾巴飞扬，款款而驰。漂亮得晃眼！尤其赛马场上的岔口驿马，它们简直是帅气绝了。跑马披云激电，快若闪电。走马旁若无人，把马道当成 T 台，走出了绅士样的优雅。尊称它们为王子，毫不为过。

岔口驿马的血液里流淌可是野马的气质。驯养马匹，就像调教自家的孩子。驯养一匹好马，难度不亚调教好一个孩子，得有足够的耐性，得一步一步好好地慢慢养。以前，很多村子有专门驯马的道，称"走马塘子"。好马者牵着自己的爱马，顺着塘子来来去去地练，一遍，接了一遍地，一年四季地不停。让马压得住趟子，才能跑出速度，走出神采来。

"走马喂者赛狮子，婆娘娃娃吃麸子"。这个俗语，说透了天祝人好马爱马的禀性。

夜读宋代李公麟《五马图》，记住了凤头骢、锦膊骢、好头赤、照夜白、满川花这些美妙的名字，令人不由得从喜欢到感动：心里得积攒多少爱意，才能为所爱的马儿们取上如此好听的名字。想象的触角，如春天枝丫萌出新蕾，旁逸斜出：抓喜秀龙上昂首的菊花骢，黑马圈河里敛眉的枣红骝，金强河畔摇

尾青白马，它们各自又叫什么名儿呢？马的主人是否愿意让自己逞一下能，为它们起个好听的名字呢？

　　四川甘孜理塘的丁真珍珠，那个因外表俊美而网红的藏族小伙，他将自己的名字分享给他的爱马，与马同享饱含着来自父母祖先美好祝愿的吉祥，共同驰骋在康巴草原上。人对马儿的喜爱，如此至深。

　　夏日，和风将天祝草原涂写成一幅幅美丽的画卷。满当当的阳光下牧草酥润，山花烂漫，大地仿佛抖开一匹绚丽多彩的锦绸。草原上紫骝、青骢、赤兔，在茂盛的花草间，快意地出没。

　　春风得意马蹄疾！高原上最惬意的事，莫过于在漫坡遍滩的青草里，打马而行，一日看尽草原花。再蹚着一膝原野的清葱，踏花归去，卧拥一夜花草的好梦。自己的梦想，也是来一次高原纵马。哈哈，可惜自己天生有些茶，骑在马上总是胆战心惊，或怕马儿的仰天嘶鸣，或怕它突然腾空撒欢。因此，也就心底里认命了，人生路上，得应天顺地，只去做自己能做的。

　　天空之下，大地之上。曾经良马天来，披云激电。可是，这世间的事，往来如梭。从国之重器的高处，到悦人心目的低地，这是造化的指定的路数。

　　这归去来兮间，马归何处？

　　不愁，这马背上驮着的尽是光阴。

天祝美食记

烤藏包

"烤藏包"一种别具风味的民族特色面点小吃。

现今所谓"烤藏包",就是将传统的藏包,用新兴的烤箱烤制而成。烤好的藏包颜色黄脆,状如宝瓶端放,莲花盛开,目遇之,便由不得口齿生津。

这道面点的美,在于它较藏地其他食品多了份用心和精致。就好比是山石遇见江河,隐了粗粝,显出温软。

"藏包"特点是包子皮薄馅多,汁满油足。烤藏包的做法十分讲究精细,与藏地的生存环境和游牧文化形成反差,体现了天祝藏族人民貌似粗粝性格后的精致。

据说,最早的藏包是以当地特产青稞面为皮,牛羊肉为馅蒸制而成。现今,随着生活条件改善,以白面为皮,以牛羊肉为主馅,加适量牛羊板油,调以葱花、酱油、味精、花椒水等佐料,以或蒸、或烤而成。

烤藏包主料自然是高原上自产的上好牛肉或羊肉。制馅有三道工序:先精选上好的腿肉,仔细剁碎成细丁,掺入牛羊油;再调入花椒、盐、葱等佐料;最后在拌好的馅里灌肉汤增鲜。馅子不稠不稀,稠了,经过烤制后,包子嫌干;稀了,则偏软沓。讲求一个度,那就是刚刚好,这也与藏族文化的含蓄有关。

烤藏包制作精细,有两大讲究。一是做皮,二是灌汤。藏包妙处在皮,半发半不发的面,要现和,即藏族人所说的"死面"。死面便于捏褶,方便捏出褶子多、形状好、口子严实的包

子，便于保持完美的造型和保存鲜美的汤汁。捏好的包子，形似金瓶，状若玉莲，让人顿生欢喜心。

烤藏包，色美味鲜。烤制前，先要仔细地在包子外面刷上清油，以保证出炉的包子外表黄脆，内质温软。放入烤箱烘烤15分钟左右，然后开箱端出。烤好的藏包色泽金黄，艳若鲜花，香气四溢。

或蓝或白或黄底的藏式盘子里，整齐盛上黄灿灿的藏包，款款地端上桌来。立时，眼前有花盛开，香风自来，顿觉天地欢欣、人间福满了。

烤藏包，汤汁多，吃时颇有讲究，讲究"慢"和"品"。先要轻轻地在包子顶端咬一个小口，慢慢吮吸藏包内的鲜香肉汁，唤醒味觉体验，再细细品咂馅之鲜美和余味。间或，还可根据个人喜好，另灌浇些红油炝辣椒、蒜泥、酱油、醋类的汁子。烤藏包油温高，千万不能见美食而性急，让自己有了饕餮性。

世间很多的事情，正如这烤藏包一样，成为另外一种美好。就像生活一样，并不是所有的东西都是泾渭分明、非此即彼的。这花朵一样精致的烤藏包，更像是藏族人民生活应有的样子。原来，这曾经高原上驰骋的马背上的民族，他们丰厚的内心世界，也有江南莲花样的温润。

羊肚菌藜麦羹

这道美食鲜到无法落笔写。它是天祝素食美味的极致。

所谓"羊肚菌藜麦羹",就是将藜麦籽实与山珍羊肚菌一起清炖而制的羹。色美味鲜,极有营养。

食之道,犹如人之道。人间草木,有一种遇见,让万物美好。朴实的藜麦籽,巧遇羊肚样的菌菇,互相抵进融入。一个是田间"全营养食品"的庄稼,一个是山野含英咀华的菌菇,有意无意间的一场美好的遇见,开启了一道世间美味的芳香。

做时,先将藜麦下到烧开的水里,待藜麦籽米粒样绽开小花上沉下浮,汤呈半透明的微白,泛出若隐若现的淡黄时,再将事先泡发的羊肚菌(有鲜摘的自是更好)囫囵下入。淡黄微白里,褐色的羊肚菌,便如活泼脱脱的鱼,颉颃而飞。

此道美食,颇合藏地人简约的性情。无需加太多的料,只要适量盐便足够成全其鲜美。奢侈一些呢,再余入一两根虫草。约十几分钟后,兑入适量熬好的鸡汁高汤,出锅前,再置几枚枸杞。最好盛在一个大一点的盆子里,让羊肚菌如一尾一尾的黑鱼一样地顺溜地平展在锅里。淡黄的汤,浅褐的菌,若即若离的对比,又有了玲珑的红枸杞点缀,一道雪域高原的"佛跳墙"便由此诞生。

日子的风光,凝结于食物里。美食的魅力,就是在偌大的世界里,将生僻角落里的食材,执意地相互靠近承接、兼收并蓄成舌尖上的美好,然后将人们引向一个辽阔而深刻的世界。

杜甫诗言"百年粗粝腐儒餐"。以前的日子吃粗粮野菜,是为了充饥,现在是为了尝鲜。好比这田地的藜麦,山野的羊肚菌,以粗粮的本真与自然的清鲜,已经成为新的时尚。这"羊肚菌藜麦羹"里,能享有在不仅仅是美味,还有"秋藜促节、白藋同心"的平和包容。

寒日客来羹当酒,铁炉汤沸火初红。天祝人好客,一钵"羊肚菌藜麦羹",便会吃出火热的情义。

或者,夜深儿女灯前,盛一小碗色香味俱佳的羹,闲话家长里短,也是人间欢喜事。

雪域高原上,十多万亩的"天祝藜麦"与雄伟的乌鞘岭一样,成为天祝的地标。中国高原藜麦之都的歌,会随着关于藜麦的美食传扬遐迩。

藏乡果味白牦牛肉

白牦牛，好比天赐人类的一件稀世珍品，是中国乃至世界珍稀的牦牛种质资源，已被列入国家级畜禽保护品种。

绿水青山滋养下天祝白牦牛，与雪一样不染俗尘。因其肉质具有高蛋白、低脂肪、细纤维、富营养的美好品质而名扬天下，颇受青睐。

"天下白牦牛，唯独天祝有"。

越珍稀的物品，越容不得轻看。自然，这牛肉，得用了心地做，用了心地享用，含糊不得。

恰好，这工匠精神，如微风细雨潜入每一个界域。

纤尘不染的果香，沾荤带腥的肉味；貌若风马牛不相及的事，却在天祝饮食的江湖里相濡以沫，互相成就一道美食：藏乡果味白牦牛肉。

吃起来，犹如走过一段有情有义的江湖，好得让人惊喜。轻轻地嚼，恍若隔世的美味，会让暗淡的世俗心境一下子焕发出舒心的色彩。

在藏地，与肉有关的菜，难免失之于野。可是这道菜精细，有足够江南细雨杏花的婉约。

先将精选的白牦牛后腿肉，切成一寸大小的方块。刀口讲究精准，要一刀一刀地切，一样的大小、不薄不厚。在肉中，再加入武威威龙葡萄美酒和酒店自制的秘酱、佐料腌渍，盛入有盖的瓷钵或其他器物中封藏。待酒、酱的香浸透牛肉，再加入水，在炉火上慢火细炖，经文火慢煮，油脂尽去。经了酒、火、酱的浸润洗礼，葡萄果香的温柔甜美，软化了牛肉的腥膻肥腻，于是完成前世今生的大嬗变，一道新的美味款款出世。

天景源里，美器盛了美食。"藏乡果味白牦牛肉"色如琥珀，安静地陈在莹白的瓷钵里，玉粒样的芝麻附着，如一个黑美人脸上俏皮的雀斑，一副天安地静、颗粒归仓的美。

一个人静静地品，舍不得咽下：一直以来，高原人讲求大碗喝酒大快吃肉，牛肉总以粗加工的豪放形象呈现，早就被归置于适合大快朵颐豪放一类。而这道菜，被上好的刀工切成精致小块，又经了葡萄美酒和芝麻果仁温润熏染，这原本粗笨的牛肉一下变得温软精致了，似乎带了温柔暖和的味道。吃的时候，一定要小口地慢慢品，一口，一口地，吃出天长地久的情义。

真是，人是，美食是。就如这葡萄美酒与藏乡牛肉的相濡以沫，讲究个"两不相谢，彼此扶持"，成就这天荒地老的佳话。

师傅出来，着了一身洁净的白。他说：没有最好，只有更好。在师傅的眼里，那已经不是一块简单的牛肉，而是怀揣了雪域人民一片对白牦牛的敬意和情怀。

美食，是口腹之欲，是舌尖享受，更是生活的态度。有容乃大是态度和器量。寻找发现美食，不应该只是苏轼、林洪类文人才有的态度，更应该是寻常巷子里的烟火。正如这果味牛肉的出现，食物，不再仅仅是果腹，而是一种漫漫溢溢的文化养成。美食，早已成另一种驱动发展的力量。

藏乡长肋条

藏乡长肋条，是天祝的一道硬菜。

如果要问，什么样的饮食，最能体现天祝人的情怀，那一定是"藏乡长肋条"，它以整条羊肋条的豪气而驰名河西。

天祝在河西走廊的东大门处。外地人说，一进这门，风就嗖嗖地扑上来了。胖些的人还行，瘦一点的，就怕被风刮着跑了。说得玄乎了些，但也是实情。

天祝人不怕冷。有"藏乡羊肋条"的豪劲儿撑着，一个个像是高原上的牦牛犊一样瓷实。

东去的人，吃了这藏乡羊肋条，喝了加了花椒、粗盐巴的酽砖茶，浑身儿就蓄足了力，乌鞘岭到玉门关近千公里漫长寂寥路，热腾腾地到了。西来的客呢，无论多困顿的漫漫长途，一想到尺把长的羊肋条，就如曹操的部下心里疯长的梅林，口里生津，浑身有力了。

藏乡长肋条，草原与雪山铸就的传奇。这肉，一定来自雪域草原；这水，一定是祁连山雪水。

一定要用清水煮。先将整条的羊肋条，下在凉水里。再放进去半把囫囵花椒、疙瘩盐巴，三两块老姜和肉桂皮，就自管煮。开锅后，掠了血沫，便可开吃的，叫"开锅肋条"。

当然，煮正宗的藏乡长肋条，要会煮：先大火，再中火，最后小火。火到肉烂，把的是火候。会煮长肋条的人，自然是生活中懂得拿捏分寸的人，一切全在自己掌控间了。

兰生有芬

长长的羊肋条霸气地横在锅里,一阵子快活地咕嘟、咕嘟声后,热热捞出来。尺把长的肋条,一根一根地横着码在木质的雕花藏式方盘里,喧天喧地地冒着热腾腾的气,浑天浑地里便全是肉香了。再冷的天也立马热火了,再疲乏的身子,也顿时活泛起来了。

尝最正宗的藏乡羊肋条,一定要在草原的长天阔地上。可以是抓喜秀龙的红圪垯,也可是松山的黑马圈河。每个草原上的羊,喝着雪山泉水,吃着丰美酥草,日日"朝饮坠露、夕食落英",自然地少了腥膻。

随便找个人家,敞院里支口大铁锅,煮了长肋条。一圈儿地围坐着,一边天南海北地喧扯,一边欢天喜地啃羊肋条。刹那间,便有东坡一样的豁达了。

吃开锅的肋条,你尽可以卸下日常里的斯文。再任性些,可以完完全全地做一次饕餮。如果能旁若无人地啃一根羊肋巴,也许是一次脱胎换骨成就。就连身上的虚劳实寒、五损七伤也在这大快朵颐的享受里如烟云消散了。

粗犷一些的吃法呢,就几瓣蒜,直接手把了就啃,狼吞虎咽地吃,要的就是这分放展地快活。也许话头尚未拉开,盘子却见底了。斯文一点呢,切五六段葱白、七八截蒜苗,再配小碟椒油、青盐、蒜泥,仔细地抹了红油的蒜泥,搛了青葱,细嚼慢咽,品得便是享用的美意。

至于怎么吃,任你随意。吃藏乡长肋条,没有太多的规矩讲究,要的就是天高云阔间那分漫随云卷云舒的放达。

吃了手抓长肋条,一定要用熬清了的肉汤续足快意。用蓝花花、黄花花的精巧龙碗盛上,撒些切碎的葱白芫荽,就了这一清二白的美,热热地喝到胃里,缓缓渗到进骨头深处,方觉得人生适意畅达。

　　谁说高原人只有白马秋风塞上的粗犷啊，这分明也有江南细雨杏花的精致。

酥油糌粑点心

"酥油糌粑"是天祝藏区著名的要食,与藏族人民的生活如影随形。

"糌粑"是藏语的译音,意思为"炒面",是将青稞炒熟后用手推石磨研磨成粗粝的面粉。凡有藏族生活的地方都有"糌粑"。

高原苦寒,天祝藏地,早先的藏族,就在偏远的雪域里游牧为生。为了生计,总要出门。只要出行,便是山高路远的。不论步行,还是骑乘,脚下丈量的光阴都很缓慢遥远。三日五天、十天半月,甚至一年半载的游牧是常有的事。

"酥油糌粑"就是为适应这缓慢而艰难的生计出现的。游牧的人,把自己与牛羊一起撒进宽广的草原里,便是与世隔绝的日子,漫长而寂寥,这吃性,也需要耐心耐性耐力。

关于"糌粑",有一个智慧的传说。据说,在公元7世纪,藏王经常带兵打仗。但雪山连绵,地广人稀,交通不便,军队给养十分困难。为此,藏王日夜忧虑。一天晚上,在天的格萨尔王给藏王托梦:将青稞炒熟磨成面,既便于携带又易于贮藏。藏王醒来,恍然大悟,立即命令部下烧锅磨麦,筹集军粮。

自然,传说归传说。但青稞炒面因其耐储易带,吃法简单、营养丰富、热量高,御寒耐饥,适宜雪域高原的生产生活而很快传遍了雪山草地。自然,也传到了我们青藏之眼、绿色天祝,成为藏族人民的主食。

天祝"酥油糌粑"独有自己的特色。配料有四大样：青稞炒面、酥油奶茶、"曲拉"（干奶酪）、绵白糖（盐）。这里，酥油茶就是糌粑永恒的恋人，黄金的拍档，不能离弃。青稞的绵香、酥油牛奶的醇香和了厚砖茶的清香，互相渗浸，再加上淡淡的咸味或甜味，便成就酥油糌粑独特的味道。粗粝的炒面，被酥油润绵，旷远厚实的味道，便在舌尖上缭绕。

老式的吃法：熬好砖茶后，再加入酥油、干奶酪、盐或糖，融化后，放入炒面，用手拌匀，捏成团状食品。因为外表粗糙，初看，似乎并不吸引人。细品，也是越品越有滋味。

旧时的光阴，容不下精致的吃法。

如今"酥油糌粑"，已经随着美好生活，以美好的点心形象走进百姓生活。吃糌粑，早已超越了果腹的寻常初衷，变作闲适享受。精美的模子，赋予了糌粑花朵样的外形。也将大众不能接受的腥膻味渐消渐弱，让美味与更多的人靠近，让小众的喜爱蝶变为大众的美食。

一方水土养一方人，一方水土也养成一方食物。很多美好的事情，以味道的方式留存传承下来，比如这华丽蝶变作美好点心样子的"酥油糌粑"，以美好的样子，从雪域高原走向天南海北。

萱麻口袋

　　微黄浅绿的面点，齐整地码在雪白的盘子里。薄薄的面饼裹了翡翠样的菜汁，隐隐透着深深浅浅绿的光，温婉得像几枚玉。清新的只有春天的香味，随着尚散着热热的气，氤氲地弥散开来。

　　真是尚有萱麻春气在，此中风味不忍食。

　　这道清新如春天乡野的面点，便是天祝土族极特殊又神秘的特色小吃——萱麻口袋。

　　土族人称它为"哈力海"，是用荨麻草为主料做的。天祝萱麻处处有，奇特的是唯有天堂镇的土族人家才有这独家秘籍。唯其家传秘制的意味，唯其小众的美食，让这道特色美食充满了神秘。

　　萱麻，也叫蝎子草、蜇人草。却以嫩生生的翠绿，摇曳成天祝初夏的光阴里的荏苒。更为奇妙的是，这浑身带着毛刺的充满攻击力的厉害草，硬是经了农家巧妇的手，变成温软可口的美味，让人心心牵念。一个地方风味的美食，多与这个地方的民风相关。也许，这驯服的萱麻口袋里，盛放的是土族人民不驯服的心。

　　人间四月芳菲尽，天祝萱麻始青葱。暮春初夏时分，是采摘萱麻的最佳时期。小心采了嫩嫩的萱麻嫩嫩的茎叶，仔细洗净，鲜鲜地吃。或是仔细地揉捏，应该挤出汁水，再悉心晒干，然后研成细细的末，仔细藏好，备四时之用。

做萱麻口袋是颇精细的活：有擀薄饼、撒拌汤、卷制三项基本程序。先将半发的白面，擀成薄薄的圆饼。在平底锅刷少许菜籽清油，烧热，温和将薄饼烙熟。再烧开水，将切碎的萱麻叶或萱麻末撒入，加入少许豌豆粉，搅拌均匀，做成拌汤（糊状）。佐以适量盐、花椒、味精及油炝蒜泥。最后，摊开烙好的薄饼，将带了蒜泥的萱麻糊糊掭到薄饼上，然后两边向中间同时卷起，最后相叠成四指宽的长筒状，从中间切断，摆放在盘中，便成"萱麻口袋"。

饼不大不小，约如五寸碟大小合适，色要黄白，绵软糯和；萱麻糊的味要妙在点滴间，一定要适量的，加多了，泛苦，少了，偏淡，要的就是"不多不少刚刚好"。

吃萱麻口袋，俗称"背口袋"，要讲究方法：先用右手抓住"口袋"的尾巴部分迅速提起后搭在左手虎口部位，口袋一定要放平，防止汤馅流出。这简单的吃食里，竟然也有深邃的哲学意味。俗语"背口袋的比收庄稼还要紧张"，说的就吃"萱麻口袋"有一定的讲究，另一面讲了一个理：会吃的，才会干；能吃的人，便是能干的人。

萱麻为纯天然野菜，清热败火，排毒养颜。白盘子，绿春卷，再配了红酒色的清茶，或者精细的洁白的萝卜丝汤，有茶汤相扶，绿与白，演绎的便是春天的清新。

携了亲朋好友，坐在高原的蓝天白云下，轻轻咬一口面香、萱麻的清香和着蒜泥的浓香，似有清风徐来，便觉春天在侧，有了蒜白葱绿的好时光。

藜麦小面包

如果将天祝美食比作大花圃的话,"藜麦小面包"便是花圃里新开的小雏菊。带着低调的奢华,以合口的香甜,贴心的濡软,温软地抵达舌尖,徐徐地轻触人心。

食材的相遇,犹如人间的相知。有的是天作之合,有的是邂逅相守。原本陌生的食物,因为搭配融合到一块,成为另一种更美好的事物。

原产于南美洲高海拔山区的藜麦,与水稻一样有着6千多年的种植和食用历史,被联合国粮农组织誉为最适宜人类的完美全"营养食品"。

而如今,这一珍馐被引种在了雪域高原的土地上,绚丽成十万亩藜香。经中国农科院专家认定,天祝是最适合宜种植藜麦的地区,因其粒饱满、产量高、营养全而美誉天下。

十万亩的藜麦,以"高原藜麦之都"的丰厚,丰盈了饮食文化食材,让天祝美食,变得愈加丰盈鲜活。

用极常见东西,做出不常见的效果来,是很智慧的事。

藜麦小面包,犹如姗姗出现的小新秀,娉婷地美了天祝面点。选用营养、健康的藜麦,在继承传统面包制作方法的基础上,又融合了西式糕点的制作工艺,用料制法更为讲究。还加些玫瑰、红枣、核桃、葡萄等点缀,做得更加精细,契合现代饮食审美。

无论有多少美酒佳肴、山珍海味,主食,永远是中国人饭桌上不可或缺的压轴主角。当味觉历经了酸甜苦辣的洗礼后，已经没有能力再去品鉴玉盘珍馐的甘脂肥浓，这个时候我们的胃口和心理上都需要朴素而扎实的主食作为一餐的结尾。

在天祝的饭桌上，藜麦小面包担当了这一重要的角色。品遍了羊肉的鲜美爽滑，牛肉的酥嫩饱满，蔬菜的清爽可口，这些浮在半空中的余味粒子须得要温暖厚重的藜麦小面包作为落脚点，食客们才会觉得真正将一餐美食尽数收获，唇齿留香。

正如一切真正值得用心品味的事物一样，藜麦小面包并没有由奶油装点的华丽外表，金玉其内已经将心意与丰沛的养分囊括到位。它不再追求珠翠之珍般的华丽，只有那柔软而温厚的面包泛着暖黄的光泽，陪着食客一同融化岁月，无论寒暑，藜麦小面包的甜味总是恰到好处地开发着人们的味蕾体验，它不偏不倚地散发着醇厚的香气。

也许我们会担心众口难调，但在藜麦小面包这里，一切挑剔的胃口都可以得到满足。它就像是讷言的天祝人民，将貌似古板的关心和沉默的关爱，或许不会有言语表达，却无时无刻地穿透面包的气孔，渗透在面包每一寸的纹理中。

这便是天祝人最简单朴素的爱的温暖表达。

白牦牛棒子骨

白牦牛生长在海拔 3000–5000 米的高寒地区，作为世界珍稀畜种的白牦牛，为人们所熟知的是其肉质细嫩美味，具有高蛋白、低脂肪、矿物质丰富的特点。

这一纯天然保健绿色食品，在天祝有一种特别的吃法：白牦牛棒子骨。

白牦牛棒子骨取自牛小腿骨，先下入凉水锅中，水恰到好处地没过骨头。待快火加热，水开后掠去白牦牛棒子骨的浮沫。然后放入花椒、食盐、草果、姜片、葱段等调料，小火慢炖，保证骨髓不会随着咕咚、咕咚的滚水流失。白牦牛棒子骨便这样，在热气腾腾中逐渐成熟。

一般来说，白牦牛棒子骨分肉棒子骨和干棒子骨两种。

肉棒子骨顾名思义，骨外连着质地饱满的白牦牛肉，色泽微红，入口生香；而干棒子骨则多只连着筋腱，极具嚼劲，又富含胶原蛋白，提高人体细胞的代谢能力，益气补虚，和中温胃。有想法的食客会配上葱段或白牦牛骨汤，别有一番风味绕唇舌。

实际上，无论是食用肉棒子骨还是干棒子骨，重头戏藏在棒子骨中间。软糯浓香的骨髓，才是唤醒沉睡味蕾的最好法宝和最重筹码。

白牦牛骨髓是食用白牦牛的精华部分，其中含有大量的蛋白质及微量元素，易被人体吸收，具有添骨髓、增血液、延缓衰老、延年益寿的功效，是上好补中益气的良品。众所周知，骨头所含的营养成分比植物性食物更容易被人体吸收，因此对于体质较弱的，或者需要补充营养的食客来说，白牦牛棒子骨便是上佳之选。

食用白牦牛骨髓时，讲究的食客会拿起配好的吸管，轻轻插入骨骼中空部分，稍许搅动后，再用舌尖抵住管口，缓缓而吸。搅动是为了碎化，方便吸食；舌尖抵管，是防止因心急而烫口。此时只要屏气凝神，全神贯注于手中的棒子骨，轻轻用劲一吸，鲜香软糯的骨髓就会滑进口腔。也许还来不及细细品味其质地，骨髓已经四散开来，化作浓汁，悄悄地溜进喉咙，令人回味无穷。

自有性急的食客，不怕烫。早就耐不住等待，不忍心使白牦牛骨髓空等在棒子骨中。他们往往直接将嘴贴上棒子骨锯齐的豁口处，凝神聚力于口舌处，一口猛地吸出骨髓，体味着骨髓在口中融化的瞬间，来去倏忽，但实在爽快！

食物各有其灵魂，人生有很多味道无法复制。品尝食物是一种坐在原地的旅行，眼见为实，当食物的灵魂与人相契合时，心里便有了光芒。烟火人间，风味长存。或许在人生的长路中，我们会遇到许许多多点燃味蕾的酸甜苦辣，但不一定会遇上灵魂相似的秀色饱餐。

白牦牛棒子骨便是这样，以它内外兼修的美好打动着天祝人，也打动着来自五湖四海的江湖儿女。也许在某夜星河炙热之时，我们的灵魂会再次回想起白牦牛棒子骨所浸濡的香气，那是令人向往的人间理想。

寒天地冻时，要记得，一定放下所有的负重，安心地熬煮一锅"白牦牛棒子骨"，美美地吃。借了食物，涅槃一次自己，

兰生有芬

快乐会渗进骨头深处。

至我无想,江湖相忘。

藏乡烤羊脚巴

汪曾祺先生在散文里写过烤羊,美味早就让天南海北的食客们垂涎三尺。

天祝海拔高,烤羊肉是最普通的美味。漫长的冬日,严寒让农牧的活儿都暂时搁下。天寒地冻里,生了旺旺的火,围炉而坐,呼噜、呼噜地喝着花椒茶,嗞啦、嗞啦地烤羊肉吃,自是人间福满最最快意的事。

旧式的做法用柴火和炉火烤,有些耗时。要吃上这一口,得有等个一天半日的耐性。羊脚巴早在炉火上慢条斯理地咝哩、咝哩地散发的香味了,就是赖着皮焦里生的熟不透。性子急的,为强压下口水,只有一口又一口地喝砖茶的份儿。更甚者已在藏香酒里变得醉眼迷离了,还强撑着等待。

一天天变得美好的日子,让原本有些粗粝的吃法变得精致美好。遇见老友,或有客临门,烤一盘藏乡羊脚巴,自是最厚道的地主之谊。

憨实的天祝人,一改大咧咧的性情,将对羊的大爱变成一份独有的精心,成就了远近闻名的藏乡烤羊脚巴:

选天祝草原上长大的羊小腿,用锋利的刀尖平行地横切出一个个开口。放进在密闭的容器里,加入适量花椒、姜、盐三种调料腌透入味。然后,仔细刷上一层本地产的菜籽油,将黑胡椒、孜然、辣椒粉等调料,和匀后撒在腌好的羊小腿上,用锡纸包好,入烤箱慢热烤制。

十几分钟后，脆黄酥嫩的羊脚巴，款款上桌，尚"呲呲"地冒着热气，像花儿一样热烈烈地盛开，香味氤氲。事先精细的刀工，让肉片花瓣样服帖地附在骨上，在高原的天空下，尽可以优雅的姿势，感受饕餮样的快意。

　　藏乡烤羊脚巴，最大特点是配料合适，避免了调料喧宾夺主，成全了鲜美的高原羊肉永远是美味的主角。恰如天祝人简单质朴的性情，内敛低调，懂得成全。以貌似的简单平常，呈现最厚实纯真的情感。

兰子光阴帖

祥红的年

对年的记忆,停留在小时候。生在西北一隅,乡村的年过得不热闹也不红火。只因有了春联、窗花温暖的祥红,年在自己的心里就长了永远的根。

住在藏区,藏族人民有他们自己的藏历年,有近一半的人不过春节。相对的,年过得比较安静。没有闹社火的,不见踩高跷的。偶然听见舞狮子敲锣打鼓的声音,也是只闻声,不见影。

说是春节,山川依旧不解风情,兀自地冷着。厚雪覆了山野,如一张素宣,点了些暗绿的苍松、翠柏和褐色的灌木丛,静静地,压根儿没有春天一点儿的迹象。

这样安然的平静里,老家的年味,却如一股地热,以潜流的方式悄悄地行进,最终在除夕红红的色泽里温暖开张。

旧年去了,新年来了。有了风调雨顺,便有了五谷丰登、六畜兴旺。于是,这过年喜乐,便以吃的方式庆贺。

临着牧区,家里过年时所备的肉称得上盛况了。梁上悬着整副牦牛骨架子,案上码着冻好的猪肉条子,柱子上挂了肥肥的土鸡。自然这年夜的饭,也是各种肉食的隆重登场:清水肋条、清炖牛膀子、鸡肉盖被子等等。有肉才欢,无肉怎么算过年啊。其实,那个年代,一年不知肉味是常事。这过年的肉香,自然教所有的大人孩子们直咽口水,迫不及待了。

可是,让自己深深记住年味的,不是浓香的肉味,却是那冬天寂静的冷里温暖的祥红。

　　春天的梅花，开在春节的馒头上。妈妈蒸的馒头，面发得很好，每个都裂了口像是呵呵地笑着，暄得像有了喜事的美妇人的脸。有的馒头，还用姜黄和了清油涂抹了面。白馒头，黄馒头，一律用桃红色点了梅朵。这点梅朵的模有个很美好的名字叫梅拓。梅拓细木质，刀刻，很精巧，如梅花样的闲章，分大、中、小三种。馒头刚蒸好，趁着腾腾的热气，点梅成了最幸福的差事。大梅只点一个，图个喜，中梅点二个，寓意好事成双。小梅呢，就很讲究了，须三个为一组，一、二、三组随意点，怎么好看怎么点。妈妈说，三六九，往前走，我的孩子们天天往前走。哈，多么美好。没有春天的年，报春的梅花已经盛开在馒头上，春天花儿开到人心间。

　　春天的花儿，美艳在家里的窗户上。梅红的纸经了妈妈的手，一幅幅窗花儿便开了。妈妈说，喜鹊衔了麻钱，就是喜在眼前。喜鹊衔了麦穗，就是喜获丰收。喜鹊站在梅花上，就是喜上眉梢。一对喜鹊呢，便是双喜临门，好事成双了。当然，妈妈剪得最多的花还是喜鹊和莲花，妈妈说家里要喜事连连。妈妈哟，七个孩子，五个大学生，是不是应了您这窗花上的祈福啊。您不仅是把花儿开在家里的窗户上，而是把心里的春天早早地带给了您的孩子们。

　　春天的花儿，红火在我家的门楣上。父亲小学文化，在村里算文化人。沾了这文化人的光，全村只有我们家的孩子全部幸福地上了学读了书。于是，村子里写对联的事就落在父亲头上，上了高中的哥哥也跟着占了风头。除夕一早，村里的孩子们就候在我家的堂屋里等对子。家里无书案，父亲在炕桌上铺开红纸，哥哥则在面柜上摆开架势。而我只有做书童的份，专心地裁纸、晾对子，耐心等待。最终，父亲会分了牛棚、猪圈、鸡窝的对子让我写。大概六七岁时，父亲便给我漆了块一尺左右的木板，红地，黄色格线，教我习字。自然，我给牛朋朋、猪友友们写春联，也算得心应手了。贴了春联，满门便是红花墨叶的美。至今记得，春联的祥红里，父亲的笑意那么暖。

过年了，该买窗花、贴春联喽。现今电脑设计、机器刻制的窗花已经完美得无可挑剔。但春联，一定要亲自写，女儿房门的一定要女儿自己写。这么入骨地喜欢着春联，也许源自父亲自小植入我心里的温暖吧。那么，自己也把这种祥红的暖意植入孩子的心里吧。

一切这么美好。来吧，借着吉祥的红，一起祈福新年：风调雨顺，五谷丰登，年富国强，盛世民康。

嗨，过年好！

过年的味道，热烈而浓郁。

铺天盖地的热闹诚恳，让年节的味道，厚实得像一窖坯贮藏经年的藏香老酒。一揭开，浓香的味儿扑面而来。

随着年岁的积攒，越来越喜欢一些质地浓厚的东西——比如热烈而鲜亮的颜色，浓稠而温暖的情感。

犹如这越来越喜欢的过年。年味里散溢的那份扯天漫地、人间福满的红火热闹，让人心满意足。即便兄弟姊妹短暂相聚，或日常儿女灯前，一阵子家长里短间，便已经是轰轰烈烈、地久天长的幸福。

以前凡事刻意讲情调，以为必须伴些清愁的意味才算好格调。稍稍懂事起，便不喜欢红色。生怕，喜欢上那红色里的浓烈与热闹，就会远离诗和远方了。就连大学学报上发的第一首诗里，也明里暗里地表达了对红色的抵制。甚至，就连自己的名字，也嫌它金光闪闪得烦心，觉得那么的俗。

好长一段时间里，总喜欢一个人的安静地来去，不喜随和，不随热闹。衣着永远只选黑白灰，觉得唯有高冷的气质才契合心里想要的自己。

想来好笑，一段时间里居然不喜欢过年。正月里，华藏小城时有闹社火的、打太平鼓的，街巷里，锣鼓铙镲喧天，红男绿女闹地。总是觉得太闹，一点也喜欢不起来。即使代表单位行"接社火"的礼，也只是例行公事地奉上糖果瓜子，从没有去专心地看过它们——觉得喧天闹地、花红柳绿的东西，满满的是乡间的俗气。就连那正月十五的灯笼和烟花里，也是多些过分了的热闹，带着惹人心生烦恼的俗。

这个执念，以及所有沉在自己骨头深处的低沉，随了妈妈灵前的旋起的黑蝴蝶，渐行渐远。

那一年，妈妈像一支点在风里的蜡烛。时断时续地病了三年。进去，出来。出来，进去。医院的所有物件是白的，妈妈的脸是白的，身上的衣服又总是黑的。进进出出的三年里，心悸的白，沉郁的黑，越来越少的话题和笑意，连心境也在黑白间变得冬天一样黯沉。

那一年，恰逢我的本命年。过年买新衣，我选了藏青，先生非要我穿红。店主是个刚刚三十的俊小伙，脸上闪着亮晶晶的喜色。他说，姐姐穿了红色，让人看着开心。

年初二，穿了新衣去娘家。妈妈见了，笑眼弯弯地强坐了起来。说，就喜欢看你穿红。原来，过年就该穿红的。红色，真会让人看着开心。

此前的概念里，偏喜欢一些悲剧意味的东西。觉得那些把美的东西生生撕碎了示人的感觉才是真正撼人艺术，比如独自品咂茨维格的压抑，模拟感受凡·高的分裂，甚至沉湎在徐青藤的纷杂里，一味喜欢那些似懂非懂纠缠在艺术深处的情绪。

后来发现，经年沉湎的悲剧艺术，它的取巧和噱头，实在不能让人感受活着的幸福。一些明亮的东西，会让人心境阔大。赏春踏青远比悲秋葬花更能让人热爱生活。仔细想，还有什么比喜乐地活着更有意义呢？向善向美，快乐而积极地活着才是王道。

今年，一进腊月的门，便天天写春联，一有空就写。十分

认真地写着,一横一竖,一撇一捺地,极认真地写,像个初学书法的孩子,带着凛凛敬意,一副,二副,三副……一元复始,万象更新;一帆风顺,双喜临门;三阳开泰,四季安康;五谷丰登,六六大顺……这天时、地利、人和的吉祥祝福,得带了十二分的真诚认真地写,把心想事成、万事如意的美好的祝福,用红花黑夜的美,挂在千家万户的门边上,以期福乐无边。

喜欢那迎春接福的郑重,更喜欢那积攒千年的祝福,一年接续一年,生生不息地传承。吉祥红,祝福语,凝在里面的全部是活着的喜乐。

春节时,有朋友自远方寄新衣来,开封的瞬间就无比欢喜:吉祥中国红!红得心生喜乐,红得吉祥如意。太喜欢,那吉祥红里的祥瑞与温暖。

大年三十,禾儿早早地起来,贴了窗花、年画。杨柳青的、桃花坞的风味年画,红红绿绿的,如春天早至,满屋子花红柳绿的喜庆。家门上,她自己绘的门神,左秦琼,右敬德,一文,一武,很威严地把守了家门。"吉祥门中容百福,富贵堂前纳千祥"的春联,更合了世间最美的意愿,福乐漫溢,让人欢喜。

刚上大学的那年,和爹妈喧着守岁。那年,爹妈的话,在成了心间永远存放的拓本:爹说,认准的事要坚持做;妈说,不强争,仔细做就会好。

自此,喜欢认真对待活着的一分一秒。

是啊,天高了,地就阔了。这一个一个的好日子,要好好地过。很多的时候,喜乐就在眼前。只要轻轻地爱着,轻轻地护着,它就无时不在呀。

从年三十开始,群里晒满了各种美食,家家的桌子上端上的都是生活。也总点开一两道品相俱好的佳肴,看食材,赏刀工，揣摩味道。吃饭的态度，决定了活着的态度。吃得好，才活得好。幸福的感觉，也在于想吃什么就吃什么。远方的、近地的亲人们也都在网上晒了年夜饭。一年半载不见的，都在各自手机屏上见面了，似乎从未走远过。不得不说，活在这个时代，真好。

就像过这样的年，早早地起来，熬了浓醇的奶茶，不必刻意纠结放不放酥油，一切随意。一日三餐，荤素搭配，不在意贵贱，可口便好。盛在好看的盘子里，看着好，闻着香，一家人开心地吃，舒服便好。

就像过这样的年，沿着整洁的路随意地走，祝贡路、团结路、华秀路……看临街的门面上的春联，在和煦的阳光里红花墨叶地美。颜、柳、欧、褚、苏、黄、米、赵，一种书体一种情，不同的书体演绎不同的美，共同呈现的都是新春里最美好的祝福。商铺门上，多喜用机制的春联，标准印刷体集字，浓黑粗重，多的是"财源茂盛达三江，生意兴隆通四海""招财进宝"字样，显出财大气粗的自信。私下里喜欢带着温暖情感的手写体，真、草、隶、篆、行，五种书体，五种美好。

就像过这样的年，午后落地窗射进一米阳光，将窗花上"福"字和双鱼清晰地拓在木地板上。阳光落在翻书的禾儿脸上，泛着玉白的光泽。先生坐在圈椅里摆弄相机，他们有一搭无一搭地说着话。花椒猫娃正蜷缩在竹篮里轻轻打着呼噜。自己闲闲地临几行钟王的小楷，白纸黑字，十二分地认真，尽量字字珠玑，行行玉润。

就像过这样的年，西斜的阳光，为华藏寺院镀上金顶。和青葱岁月的禾儿牵了手，穿过红男绿女的人流。年味十足的金沙巷，空气里，一边是重庆小龙坎的麻，一边是成都锦里的辣，还有胜火锅、串串香、石锅鱼、手抓羊肉，混合成市井里的烟火味道。沐着香味，这个摊上买个红橙，那个摊上秤几粒青枣，再拎一两串紫灵灵的葡萄，便将一些寻常的欢喜带回家了。

就像过这样的年，网上预订了票，穿上年节里的新衣服，去影院看电影。贾玲导演的《你好，李焕英》，让人的笑里带着泪。是啊，活着就是福。每天认真地活着，尽量将遗憾往远处推，好日子还在后头呢。

噢，忘了说，今年在朋友圈未发一条拜年的祝福。可我是认真做了的：沐手焚香，很隆重地用小楷在梅红的笺上写满祝语，仔细地拍照修图加框。最初是想发的，终是封藏了。掂量过后，还是嫌形式有些轻薄。最后，就把最美的祝福端端正正地放在心里了。

这个春节，我着了红红的衣服，黑发素颜地穿行在市井烟火里，开心地向你们伸展着自己的喜悦：

嗨，过年好！

花儿与少年

"上去个高山者望平了川，平川里有一朵牡丹；看上去容易者摘去是难，摘不到手里是枉然……"

一嗓子花儿，颤悠悠地，破隙而来。男高音，高过了八度，凄惶惶飙到了云外面。风动了，云动了，心也颤了。

蓝天，碧云，凉西风。秋阳里，牦牛如云，不紧不慢缓步在浅黄深绿的草原上。高山，陡坡，深深的壑。那热烈烈、浓酽酽的花儿，就孤独而倔强地飘在苍茫茫的风里，纠结，不甘，渴望，缠绵。

花儿，属民歌。民歌，原本生在乡间，天生带着土气。可是，这歌，取上了花儿的名字，立马有了惊悚悚的美。

你想一想，花儿啊，是要多好看，就有多好看的。乡间夸谁家姑娘好看，就说谁家姑娘长得跟花儿一样。这歌儿，被叫作花儿了，哪又得多好。还有人说，花儿是大西北的魂。这又是叫花，又是称魂的花儿，该是多么绰约的美啊。

花儿，也叫少年。唱花儿，也叫漫少年。花儿与少年，相提，并论。提花儿，必言少年。似乎，这花儿和少年之间，有一丝看不见，道不明的线牵连着。

打小，生在藏区，也是听着花儿，一寸寸地长大的。沟谷林涧，那鞭麻丛里，那香柴花中，随时都会颤颤地升起花儿，如山沟沟里的清流，婉婉地流淌。

那时候，听花儿，有些懵懂、迷惑。记得深的是，村里的人们神神秘秘地叨叨：那个爱听花儿的卓玛，被爱唱花儿的扎西勾去了魂。两个人在月黑风高的夜里不见了，卓玛家的人们羞得抬不起头见不了人。

那时候，一听到花儿漫起，大人们总会说，丫头子们捂上耳朵，不要听。他们担心，像花骨朵一样鲜嫩嫩的姑娘子们，也被花儿勾去了魂，心里会疯狂地长草开花。

自己也不明就里地听了话，捂了耳朵，却虚了指缝，仍然偷偷地听。心里纳闷着，这么好听的花儿，谁不想听啊。听听花儿，又是犯了哪门子的错啊。

长大了，先上学，后工作，对花儿的记忆，暂停在当初的疑惑与不解里。

在草原，再听花儿，犹如遇见故人。

静了自己，听花儿。似乎，渐渐懂了花儿。

对花儿的感知，开始真正地深切、饱满起来。就好比，自己从小在心里勾画了一个倾心的人，白日忖度夜里揣测了许久，那个人的模样已经在心底里生了根发了芽。有那么一天，那个在心里已经长得眉眼清晰的人，突然就真切切、活生生地站在了面前。心里的感觉是七上八下的，有慌乱、激动，有喜悦、伤感，甚至惶恐。

褐黄黄的土地上，万水千山。一条条儿沟沟，一道道子梁，纵纵错错的沟壑，挡不住相思的浓情。花儿和少年，在梦里都会遇见。稠稠的爱情就落在薄薄的土地上，迫不及待地生根、发芽，暖暖地疯长。

听听，那腔声，那调子。一阵子是高亢，一阵子是哀婉。一会儿是羞怯怯的喜，一会儿是悲凄凄的怨。

与花儿一样陷落在孤独里的自己，像饮了口烈酒一样，猛呛了一下，一阵是怔怔的隐痛，一阵是烈烈的快乐。

难受着，喜欢着。

听啊，"我把你心痛者你把我爱，生死不分开。一天我哈三趟者看你来，妹妹山丹红花开……"

唱词凄婉，调子忧伤，心隐隐地疼了。

其实，这爱，就是隘啊，隔了山，挡了水，顶着风，想走近，却那么远。这情，就是毒哪，让人迷，让人痴，让人惑，想远离，却如此近。

一生，是万万不能无爱的。可是，这爱，就是隔了天，蔽了地的，就是横了山，挡了水的。爱一次，心就老一次。等到真爱过一人后，人也就真老了。

草原上清洌洌的花儿，从那揪心的第一个颤音开始，情绪就被悬起来了。

无论大眼睛令，还是尕阿姐令，百种之多的"令儿"，悠扬，高亢，奔放，惆怅。每一种令儿一起，都有种被击碎了的疼痛，或微醉了的快意。一种被压抑的渴望在率真的表达里得到释放。那声音，漫天，扯地，揪心，撕肺，一声声。似乎不是在黄土地上响起的，而是从身体最底处升起的。那情绪，如酒，似药，是苦，还甜，一遍遍。犹如一把钝钝的锯子，一下，一下地锯着敏感的神经。忧伤与快乐，重重地拓在心上。人好像被魔着了，身不由己地听着，又硬生生地抗拒着，生怕哪一嗓子，会震破了自己，丢了魂魄。

一波，三颤。声音如泣如诉，似乎幸福与苦痛在撕扯牵拉。一会儿快乐地呜咽，一会儿痛楚地倾诉，如舌尖上的重刺激，分不清是酸甜苦辣。那喜，如二八的女子，花蕾儿一般怯怯地努嘴，一抹羞红的喜悦，将闪即止。那痛，似失而复得的悲喜，相拥而泣，喜极而悲，悲里是喜。

"千刀万剐的我情愿，舍我的尕妹是万难。""出门的阿哥孽障大，家里的尕妹苦大。"听着，再听着。悲情，倏然而生。泪下如雨，入嘴，咸苦咸苦。哥哥啊，对面的坡上，不见你的尕妹子。妹妹哟，隔山的哥哥，去走西口哩。哥哥呀，妹妹哟，你们这么用劲地唱啥啊？

这花儿里，唱的多数是爱情。花儿的唱词，浓得教人心悸。少年的心中，美艳的花儿就是他心爱的姑娘。而姑娘的眼里，花儿恰是她梦里的少年。这花儿，浓得不能再浓的向往里，满是忧伤、不安和情义。这少年，深得不能再深的渴念，尽是牵挂、惆怅、念想。爱的火苗，如蛇，吐着忧伤的信子快乐地纠缠着。各种的不甘，情愿。各种的华丽、深情。各种执着，脆弱。各种的凛冽，决绝。

自以为已经年长，只喜欢安稳的东西，把自己的心早归置在七老八十的冷寂里了。自以为，经历了很久的苦乐，已经把自己修成一枚真正的蚌了，敛起了所有的锋芒，把心当成一颗珍珠，藏在深处了，心境可以无波无澜了。

可是，这花儿，硬是在心间刮起了一场风，下了一场雨，吹皱了心波，淋湿了情绪。这花儿，词香，调艳，音调几乎可以绝尘。多么浓酽酽的情啊，直率的表达近于惊世骇俗。这爱意，既惊又艳，如那锦上的红，缎上绿，大红大绿着，逼着灵魂，直抵心间，利斧样劈开心中的冰河。

可是，这花儿，听到情深意浓处，依旧让人鼻子发酸，脆弱得实在听不下去了，泪水便溢满了眼。原来，在花儿世界里，这个外表冷静的自己，依旧的善感，依旧的内心柔软。只不过，借了一把毛笔，在度光阴。只不过，借了那白纸黑字间的安稳，做了一件皮，藏放了真实的性情。只不过，是怕在这世间，执念的自己执念地爱，找不到回到生活里的路。

花儿锦心，少年琴斜。

花儿与少年，让爱情赤裸裸地活在了阳光下，自然地生长。人生，无爱不欢。爱与地老，也与天荒。

你听那，"你我哈刻给者心里了，昼夜无明地想了""花儿本是心上的话，不唱了由不得个家，刀刀拿来头割下，不死了还是这个唱法。"

执念的人啊，陷落得这么深沉。

只愿，在世间的江湖，美丽花儿遇着心仪少年。也愿意，在棉布样微粗的年华里，自己的心上，也能盛开些锦瑟的花儿。

旧物上的光阴

八十五岁的这年,母亲病了。病了的母亲,极度虚弱,犹如点在风中的油灯,随时会灭。可是,病中母亲,每天固执地翻腾着箱子里旧物,不厌其烦。

妈妈所有旧物,盛在两只油漆斑驳的箱子里。

箱子是母亲的陪嫁,泛着经年陈垢的哑光。面上的油漆已经剥落斑驳,但仍依稀可见泛黑的紫红来。两把黄铜的锁扣,是对称的祥云图形,早已生了斑斑点点的绿锈,似乎一触便有碎屑要掉。箱子正面绘饰是几朵相向的缠枝牡丹,花朵红中泛粉,缭绕些金粉色的祥云。两侧面绘着宝蓝色的如意瓶,瓶里插着三两枝粉白色的莲。这些民间图饰,多寓有富贵绕梁、喜气连连、吉祥如意、平安富足等美好意愿。看来,天下母亲都一样。母亲们都心怀美好,总想借着任何一种方式,为自己的孩子祈福。

岁月倏逝。和油漆剥落的箱子一样,时光留给了母亲衰旧的容颜和委顿的身体。与母亲相依四十多年,没有听见过母亲对走过日子的抱怨。也许在母亲的世界里,父亲就是最晴朗的天空,七个孩子就是她的太阳。天晴,有太阳,日子就温暖了。

箱子里存放着母亲所有的宝物:一对的银戒指,两串手链,三支银簪子,还有母亲和父亲的婚装。

曾经无数次凝视和抚摸过这些母亲的旧物,也无数次臆测过流淌在这旧物上的光阴。

一对银戒指，是父亲婚后为她买的。马鞍桥型，细碎的乳丁纹，一只镶嵌有红色的宝石，另一只镶嵌有绿色的宝石，繁缛得有些夸张。其实，母亲应当佩戴一只或一对质地平实的银镯子，就是那种没有花纹，或者纹饰在器物本身上的老银器。也许，老银器镯子随着干活的节奏发出的塞塞窣窣的声音，会添补一些日子的冗长和单调，也少些鞍桥型戒指般夸张的唐突与不适。

两串手链，也是父亲送给母亲的。因为颜色鲜艳好看，又方便佩戴，所以深得母亲喜爱。据说是红珊瑚质的。因为好奇，自己曾调阅了些关于红珊瑚的资料。相关资料显示：红珊瑚与珍珠、琥珀并列为三大有机宝石，色泽喜人，质地莹润，在东方佛典中被列为七宝之一，自古就被赋予富贵祥瑞之意。天然红珊瑚是由珊瑚虫堆积而成，生长极缓慢，不能再生。且红珊瑚只生长在台湾、日本、波罗的三大海峡之中，所以极为珍贵。在古代，红珊瑚就被视为祥瑞幸福之物，代表高贵权势，所以又称为"瑞宝"，是幸福与永恒的象征。

心里悄悄地笑了：家境一般的父亲，买到的手链肯定与财富无关，母亲拥有手链也是与红珊瑚无关了。年轻的父亲，在他清朗的心境里，遇见手链时，一定是有了一刹那间心动。一定是看中手链那一时刻所呈现出来的某些气息是与母亲相关的。就如父亲和母亲相见的瞬间，一定不是美到惊心的动情，而是那种心和心相通相近的亲和。

关于红珊瑚手链的一切，从未告诉过母亲，母亲也从来没有想过要知道。世上有一种东西是要用心来衡量的。真正意义上的美丽，是与价值没有关系的。情无价，爱无价，美无价。在美与价值的判断上，自己秉承了父亲母亲的所有直觉和盲目，没有过火的虚荣和欲望，于是，心和日子都是安稳的。

　　三支银簪子，是地道的老银子。细柄，莲花头。那是奶奶留给母亲的。奶奶一定是偏爱我母亲的，要不母亲妯娌十个，为什么母亲独受此殊遇呢？三支簪子，母亲已经做了分配，两位儿媳各一支，长孙媳一支。家传的东西，犹如家风，接力的是一种品格。这些今天已经几乎无用的物件，以另一种表现方式承接着去实现它的使命。

　　父母亲的婚装，承载的是母亲的最美的记忆。一件过膝长夹衫，纯青色的面，紫色夹白条纹的里，棉麻质地，布纹较粗，有些未织平的线头结节，是父亲的。一件及膝半长夹袄，湖蓝色的面，浅荷色的里，也是自己顶喜欢的平实而略带粗糙的棉布质地，是母亲的。两件都九成新，始终用一块红地小黄花的绸子包裹着，整齐地端放着在箱子里。

　　天阴下雨时或者有太阳不劳作时，母亲总要打开箱子，将它们拿出来，仔细地打理一番，不厌其烦。南方大户人家有晒衣裳的习惯，北方少雨干燥，是不需要晒衣的，母亲那是在晾心情。

　　喜欢那个时刻的母亲，不急不忙，一脸的温和，平静而专注，甚至有笑意悄悄浮上。或许，母亲在回忆那些定格了美好的时光。也许，母亲所有梦想都在那个瞬间又"噗、噗"地开出了最美丽的花朵。

　　父亲内心善良，外表温和。父亲的形象契合了母亲少女时代的梦境里的那个人的样子。母亲的笑意里，时光似乎倒流。似乎看得见——着了青衫的父亲，戴着银灰的礼帽，牵着一身湖蓝色的母亲手，走进了杨家老屋的院门。那一刻院子里的阳光红火温暖，门前的那坡松树绿得玲珑剔透。

其实母亲的梦境就如她湖蓝色的衣衫一样，并没有鲜亮多久，甚至说来不及鲜亮。有人说，大家藏闺秀，小家养碧玉。母亲只是一块石头，或者说就是一根草。父亲的善良温和，并不能改变那个年代生在农村的母亲操劳的命运。

　　四世同堂的老屋子里，日子是繁忙而细琐的。田间的劳作，灶边的操劳，还有一个个孩子的不期而至，所有这些很快淹没了母亲该有的鲜亮。母亲梦了一个少女时代的湖蓝色的梦，连同那湖蓝色的婚装，一同沉在了陪嫁箱子的底下，渐渐沉静。

　　时光是一个不回头的老人，将往事寄放在母亲的箱子里面。又如一个个痴迷的梦，经常游走在生活深处。关于生活中的所有的美好，在时间的消磨里，最后只有能剩下一些细枝末节。母亲只能以波澜不惊的方式回忆，在回忆里微笑。

　　阳光如金，暖暖地镀在母亲的苍老上，弱化了病痛的尖锐。那缓缓挪过母亲旧物上的阳光，深深记住了流年的印痕。母亲，旧物，渐次地默化了所有的光阴。

令箭花开

有两大盆令箭，与自己相依相惜整整十年。

两盆令箭，来自十年前的初春。在一个阳光与沙尘混织的日子，一个最知己的朋友坐了三天三夜的火车，从一个老远的地方带来的。

令箭，也叫令旗。顾名思义，令箭花，因其叶似令箭而得名。又因为它花形状如荷花，又称令箭荷花、荷令箭。

花是肩负着朋友的重托与情义来的。朋友说：令箭花开，茎叶如刃，花朵若荷，像令箭花般地活着吧。

多好的愿望：以花为鉴，刚柔相济。做个恰到好处的女人。听着，就有一种凛冽的美。

无论朋友的初衷如何，自己明白最终是辜负了这番好意的。十年里，自己一直在与另一个自己不断地交锋。不能有令箭茎叶如刃的阳刚和锐气，也无法有令箭花如荷的高洁与清雅。自己只是一只深埋在泥土深处的蛹，尽管内心时时充满着化蝶的异样冲动。因为，自己一直在做着梦。梦想着从一只丑陋憨笨的小鸭，变成美丽高洁的白天鹅。梦想着有那么一天，也能如灰姑娘一样，着了美丽的裙裾和水晶鞋，真正芳菲地摇曳起来。

每年到初夏五月时，当朗月当空，熠熠清辉轻笼时，自己总会静静地端坐在通往书房的阳台上的竹椅里，耐心而执着地等待令箭花开。窗外车流、风声、虫鸣，甚至树叶与树叶婆娑的声音，混杂在一起，轻轻地喧哗。这样低调的热闹，反衬得夜倒是更静了。在一个个寂静的、有些月光的夜里，在一得阁清幽的墨香里，在微黄的灯光下，我习写的书法白纸黑字，疏朗清俊地分明着，等待花开成为一件内心十分安谧温润的事情。正如我十年里内心深处最隐秘的等待，没有丝毫的旁骛，没有半点的倦怠，甚至无怨无悔。

在我年复一年的虔诚等待里，那如荷的令箭花总会如约而开。令箭花开，如火如荼，美艳灿烂到极致。茎叶，枝枝如刃，枝枝如箭，俊秀挺拔，呈硬朗如铁的阳刚；而花朵，却朵朵柔软，如绸如缎，香馨温穆，泻绵绵如水的柔情。一阴一阳，两种极致，完美地结合，似乎在经意又不经意地宣示着天地深处那不可言说的隐秘。

大凡美丽到极致的花，总是刚柔相济得恰到好处。

曾经读过一篇文章，说郭沫若面对令箭花开时曾经发出了惊叹，大意是：一片片叶茎是一支支令箭，叶上开出的花活像睡莲，比昙花还要鲜艳，却并不像昙花那样开在一瞬间。将令箭花比之于睡莲，比之于昙花，又美压昙莲，已是再高不过的荣誉了。

花开时分，我总是内心悸动而热烈，眼泪会忽然漫上眼睛，总想要下意识地伸出手去，轻抚如丝绸样柔软的花瓣。淡薄的灯光有些清冷，我双手洁净，五指纤细苍白。我担忧花开得过于尽心尽力，伤着了花的精气，更怕因为我的不小心，会惊动了花开的过程。于是几乎所有的时候，这个举动，只是在我心底里悄悄完成。

这样美丽无比的花朵，花期太短，从开到谢，只有一至两天。落英缤纷，无论是如何的天生丽致，最终也只是香消玉殒。令箭花也一直是无欲无求的淡然，一年的养精蓄锐，一日的圣

兰生有芬

洁圣美，最后洁洁一缕香魂！

"千万勿令花生痛，泪线如雨，花魂何系？"

我明白了为什么在著名的日本作家川端康成的作品里，总是在樱花盛开得如火如荼的时候，便有忧伤如水，无边远际地漫溻起来。是啊，一朵花的盛开与衰败，实在是太仓促了！这是一种敏感得近乎固执的美丽，似乎是与生俱来的热烈和忧郁，让人如此激动而又绝望。花热烈地开了又匆忙地谢了，极致的美丽只是瞬间的事情。亲历花开花谢的过程，如同目睹了春华秋叶的晨霜暮雪伤感，如同深味朝为青丝暮为雪的无奈。

内心经过一番挣扎后，我开始尝试着咧开嘴笑——镜子里，一个已经不再年轻的女人，一袭黑衣裳，面色苍白无华，眼睛里蓄满泪水，却一脸笑靥，甚至有些灿然。镜子只是一个物件，它不是花朵，是没有生命的，却也好像是有灵魂一样，牵引着人们去遐思连篇。

十岁的小女孩小心地问：你哭了？妈妈。

我笑笑，不能回答。就这样，令箭花一年一开花，而我这样一笑，就笑了十年。

三十八岁的这个初夏的夜晚，春寒尚在，任我穿上御寒的厚重衣服，也无法掩饰我因寒冷而苍白的脸。走在三十八岁的这个时节里，我突然发现，十年的天空，一直是蓝蓝的，如此清澈，天上的云，依旧是洁白的，纯洁如玉。和以前不一样的是，这天、这云、这夜晚也开始渐渐有了分量。

其实，花对于我，就如一个人一生中的许多奢望。十年的光景里，我远远不及花与叶。在滚滚红尘里，我虽然一直亲近着令箭花，与之为友，年年独自一人目睹其花开的欣荣与花落的衰败，但是并没有能够真正地明白花开花落的寓意，也没有以花为鉴，从而映照出我平凡的容貌和平凡的心。我甚至没有听见过花开的歌声，没有来得及体味出花谢的哀愁。其实，只有花才听得见花开的声音，只有落叶才能体会到凋零的感觉。我眼里的花开无意，只是将一份美丽，尽心尽力地呈上，花凋亦无言，只用一丝的倦怠，深掩起沧海桑田里的由衷哀愁。

我不如花，因为花有开落的随意与执着。而我，总喜欢与黑夜相依，内心期盼黑夜，偏执而绝望地等待着和影子的形影相随。我一直做梦，做着和一个雪娃娃一样渴望温暖的美梦。雪娃娃的内心十分寒冷，想着、盼着、梦着太阳。阳光出来了，雪娃娃的心只热火了短短的一小会儿，所有的梦便连同生命泅化了。踞长在我生命深处的影子，只是在黑夜里，只能在梦境里反复地出现。内心寒冷的我，期待着阳光。等待了整整十年的光景。其实，影子和阳光，我只能拥有一样。任我的眼泪流成了河水，影子只能选择着黑夜。

花与人，如此的惺惺相惜。令箭花在三百六十多天的沉寂里，最终有了灿烂绽放的一天，然后归于平静。而人要用一生的时间，在等待自己心中的灿烂绽放，往往不能坚守着淡泊和宁静，终究是错过了心花怒放的梵音，甚至来不及体味凋谢的凄美，只有沉寂。不一样的生命，却一样地殊途同归。

花还会开，尽管此花非彼花。所有的荣耀、繁华最终会随着时间的消逝一页页地翻过，就如美丽到极致的令箭花，会化作碾尘，变成记忆中的轻烟。怎样的生活才算美丽？淡定后，我依旧内心安然，继续地认真地读书写字。一个精神高于容貌的女子，喜欢郑板桥"青盐白米笕子饭，瓦罐天水菊花茶"的淡然。花开本来无痕，时光原就无声。所有的一切只是一个点，只是一种过程。我更愿意在时间的风中，踩着花开花落的步子，在明月清风里让思想去轻歌曼舞。与花的交流,使我获得与尘世生活残缺之外的另一种安稳。

花朵灼灼。花朵夭夭。每个一人都要如花,把自己有限的生命活得灿然而淡定。

我家的老屋子

我家的老屋子,在天祝一个被称为松林的小山村。松林以漫山遍野的松树而得名。成千上万的松树,绿云般一抹抹碧青,托着幢幢村舍,宛如天成的国画,异样的恬淡,格外的美丽。

老屋子依山傍水,门对着青山,背靠的也是青山。房前是大片大片的白杨树,屋后也是大片大片的白杨树。林间一带溪水静静地流过,无声无息。

所有的白杨树,都是父亲带着我们兄弟姐妹,一棵一棵地栽植的。从五岁开始,一人一岁一棵,十八岁停止,不多栽也不少栽。所以,多年后,在我家老屋子,我们兄弟姐妹都拥有一份自己的私产——几棵白杨树。十三棵杨树长大了,我们也成人了。

记得小时候,为了积肥,村里每年春天要点山灰。那时,家乡的田野里,开始浮着袅袅的蓝烟,空气里飘散着浓浓的泥香。这个时候,父亲便收拾家当,带我们去植树了。

当然,父亲只是当指挥了。他给我们讲清楚如何植树,却从不插手,只是端着烟锅,蹲在旁边笑眯眯地看着我们劳动。有时候,为植好一棵树,得反复几次。每一棵树都做上记号,标明谁植的,几岁。很多同龄的孩子们十分羡慕,经常被吸引到我们中间来。发现自己的杨树萌出嫩叶时惊喜万分,那种喜悦至今无法形容。不但懂得了劳动的快乐与喜悦,更重要的是拥有了对一份劳动成果的期待。在我们小小的心中,觉得自己

十分富有,更是十分的自豪。至今,我仍然感激父亲,让我在很小的时候,就懂得了劳动能创造快乐,就享用了劳动的快乐。

老屋子其实不老,因为十分的陈旧,也因为曾经住了我们家几代人,所以在我的心中似乎很老很老。

老屋子坐北朝南,出檐,拔廊,木板的前壁,雕花的廊檐和雕花的大吊窗。虽然很有些旧,却旧得极有景致和韵味。院子里有几畦绿菜,大多是萝卜、白菜,间种着几丛火红的百合。中午过后才能照上阳光。屋子里面十分昏暗,当阳光透过窗棂,泻进屋子,将一格一格的金黄色的图案拓在满间的火炕上。炕上铺着红黄相间的毯子,当时有一个很有特色的名字叫"民族毯子"。红黄相间,再洒上金色的格格,十分的红火,衬出老屋的温暖。我特别喜欢那种感觉。

小时候,我是很难得在有阳光的下午,有时间待在温暖的火炕上,数拓在毛毡上的金色小格格。因为妈妈十分勤劳,那个时代勤劳的妈妈是不会让自己的孩子在有阳光的时间里闲着的。所以,为了享受那小格格里的梦幻般的感觉,我常常装病。喜欢我的父亲,便常常为我做"掩护",一边有一搭没一搭地帮我揉肚子,一边借着窗格里的金色的光束,用家乡的土话绘声绘色地给我读小人书。这样,我们一老一小便尽享那满屋子的温暖和快乐了。关于《水浒传》《西游记》《岳飞传》等最初的记忆与影响,便是和着老屋子温暖和阳光,还有幻想,不知不觉,深深地渗进了我小时候的梦。

在家乡的老屋子里醒来,刚睁开眼睛,首先听见的便是鸽子"咕咕——咕咕"的叫声,十分的散漫和闲适。

鸽子是一种安静而和平的鸟,在那个食物比较紧缺的年代,"三月不知肉味"的岁月里,村里很多人捕食鸽子以解馋。而在我家的老屋子里，却是例外。因为老屋子是拔廊出沿的，能遮风挡雨，所以椽子、大梁间便多了这些小生灵。更主要的，还是父亲亲手编了许多精致漂亮的柳条小筐子，搁置在屋檐下，让它们安家落户。父亲却从不容许我们去惊扰这些小生命们安静的生活。

于是，老屋的院子里，经常出现这样的场景：漂亮的鸽子，还有调皮的小鸟们，踱着悠闲自在的步子，与我家大群的母鸡和平共处，享用大把大把的秕青稞。整个秋天，我们家的孩子们放学后，便在母亲的指示下，为成群的母鸡和鸽子四处奔波，寻找并贮存四季的食物。自然，我们也便多了分在秋天的野外疯癫的快乐。后来，当我带孩子出去，看见小鸟们惊惧地躲闪着人们的靠近时，我心里总会想起我家的老屋子来。那时的老屋子，不仅仅是鸽子们的幸运，当然更是我们孩子们的幸运。

老屋子里，住了我们家的四代人。我懂事的时候，父亲的爷爷、奶奶们已经不在了。记忆中，我的爷爷已经很老了，一直穿着黑色的衣服，偏襟，戴镶着金边的毡帽子，很瘦，笑容不多，但满脸慈祥，十分安静。

爷爷有八个孩子，六男二女，加上二爷爷先去，留下的二男二女，共有十二个孩子。在多子多孙被认为是最大福气的年代，爷爷在村庄里当然能算是最有福气的人了。伯伯、叔叔的孩子，加上我们大大小小七个兄弟姐妹，一院子都是高高低低的孩子们，吵吵闹闹的，十分像孙悟空花果山上的猴儿国。

在我的眼里和心里，天晴有太阳，明亮而鲜艳，阴天里也有太阳，潮湿而又热闹。我孩提时的生活，就像一串串彩色的风铃，有风无风都叮叮当当，连梦里的声音都是清脆而快活的。

当我成家后，已为人妇，已为人母时，突然深刻地体会到，在当时的岁月里，能让几十口人的老屋子和和平平，是件多么不容易的事情。那里面盛有多少爱和宽容啊，实属不易。

对老屋的所有记忆，开始并清晰于1976年。

那一年，我六岁。我六岁时，第一次拥有了一个方格子的写字本。至今，我仍然清晰地记得，那天下午，爷爷站在老屋房顶唤我小名时，阳光下，带一脸满是皱纹的、落了一层灰尘的喜色，手轻轻一扬，便从屋顶飘下一个纸筒儿——一本橡皮筋捆着的方格本。那是爷爷四处捡拾骨头，然后背到二里外的合作社换钱后，为我买的。这年，爷爷七十六岁。

那一年，父亲花了三天的时间，亲手为我制作了一块习字板。木头的，红油漆底，米黄色线米字格，有细绳子系儿。开始教我写大楷字。千禧年，我三十岁，深爱我的父亲永远地走了。三十岁时，我开始临习书法，至今坚持。我知道，父亲一定能在不远的地方看着我。我的努力，缘于我心中汹涌的爱，正如孩提时父亲给我的爱，我深爱我伟大的父亲。

随后的日子，在村里，算是识字人的父亲，成了我的启蒙老师。我常常在舍不得点煤油灯而漆黑一团的夜晚，在父亲热火的被窝子里，将他宽宽的胸脯当成练字板，背写当天学会的字。也许，在父亲的潜意识里，想早早地教给我以后谋生的能力吧，那些日子里，父亲教我背诵了许多中药汤歌。至今，我还能朗朗地背出好多汤诀。

长大后，哥哥姐姐们常夸我小时候聪明伶俐。唯独我清楚不过，那不过是奔着父亲一天一个胡萝卜，一天一把豆荚的奖励诱惑。多年后，我一直对我的孩子讲述着这些经历，我的孩子常常睁着羡慕的眼睛，充满向往，充满渴望。

今天，天下父母望子成龙，望女成凤。其实，与其要求孩子,还不如去爱着孩子。其实,爱就是一种给孩子们一生最大的财富。一个孩子,童年拥有的爱,会让他一生受用不尽。

岁月如歌,逝者如斯。二十多年过去了,如白驹过隙。期间,爷爷从老屋子里永远地走了,姐姐们从老屋子里走向她们的新家。再后来,我考上了大学。再后来,我拥有了一份工作,深爱我的父亲又永远地离开了老屋子,年迈的母亲,被我接到了城里。于是,老屋子便被闲置了,却一直舍不得卖掉。多年了,我奔走在城市里,如一只小小的蚂蚁,忙忙碌碌,为生活奔波,很少回到乡下,去看望我家的老屋子。听说,屋顶和院子里长满了蒿草,我内心有些伤感。

如今,我的小女儿已经十岁了,有了她自己的小世界、小天空。她已经习惯了城里的陌生与隔绝。如今,我栖居在高楼已经二十余年,天天与邻居们擦肩而过,却形同陌路,老死不相往来。如今,我常常告诫我的孩子,不要和陌生人说话。而我,关于老屋子的记忆,清晰了又模糊,模糊了又清晰。总在一个人安静的时候,或者在梦里,一次又一次回到老屋子里,一遍又一遍地看见大片大片的白杨树、一院子鸽子、红红的写字板、戴金边毡帽的爷爷……我常常会涌上眼泪。

老屋子,站在我生命的最深处,赐予了我一种深刻的东西,我渐渐习惯了一个人站着,无论是否有风雨。

听秋声

午后，无事，坐书房，闲看窗外景致。

远处的山，近处的楼，还有那河坝的树，定格成了一张静止风景。杨树的深黄浅降，注解着秋日已经很深。

在深秋的时光里，信手翻阅《枕草子》。书里写道：收友人信，只一片落花，瓣上写着"不言说，但相思"。

不言说，但相思。

六个字，让心轻轻地一颤。牵念，如带了泥的印，稳稳地拓在心间。人生美好，无非如此。在大千世界，有一二知己牵念。人间至情，不必诉，心自知。

喜好临古帖，已经很久。从春至冬，从冬至春，不离，更不弃。经常为帖里的美好，搁了手里的毛笔，静静怀想。有闲暇，能独处一隅，静听秋声，想来已经是幸福至极的事。能在沉香的氤氲里，忽有斯人可以怀想，更是一件很风雅美好的事，奢侈到让人忧伤而幸福。

静视之，书房所有，一物一什，皆情谊。

那柄木刀，纯手工制，六寸略余，红木材质，黑色的纹理清晰可见。友说，寻这柄木刀寻了好几年。还说，原来打磨的不甚到位，已用砂纸细磨了三个月，去了锐气，方才送来，是怕自己用时不小心，误伤了手。

早就想有一把木质的刀了，只是没有提及过。金属的刀，无论多钝，总免不了的锋利与寒冷。从柔软的宣纸上走过时，总有一种切肤的心惊与惶恐。轻握柄，温温的，木头本来的软和，削减了刀具惯常的渗骨寒凉。心也温暖，这木刀于柔软的宣纸，于自己柔软的内心，再相宜不过了。

这枚石，盈手可握。也是研磨了数月的，原石的粗粝已失，几近有了玉的细腻温润。友说，可做小砚、笔掭用。女人家，便于捎带。若出门，带了石、墨锭和笔，便带够了安宁。

想一想，夜已深，独在异乡做异客。如若旋开了桌前的灯，在小砚上缓缓地研化墨锭，再濡湿了笔，然后在玉笺上缓缓行开，是一件多么曼妙到安稳的事情啊。即使有怀想、牵念，也已经愉悦成念念生莲的洁净事了。够了，还有什么比这幸福。

"奉橘三百枚，霜未降，未可多得。""今送梨三百。晚雪，殊不能佳。"临习手札，总溺在那笔下飒飒风神里，无力出来。单单那橘三百、梨三百的细碎情谊，更是让人念想不已。

流年似水，世间无数风花，随风而逝。清少纳言说，自天而降者，以雪为最妙。其实，最妙的，当是远赴而来的笺，翻山越岭的，负载了暖暖的情谊。

犹记得临《寒切帖》时的悲情和温暖。王羲之给谢安书信：念忧劳，久悬情，吾食甚少，劣劣。

什么样的友谊，让羲之如此风雅的人，将风烛样不胜风摧的无助和伤感，付一薄薄素纸，隔了时空，遥遥诉说。笔触，墨行。墨到处，纸吸纳。相宜、懂得，接纳，包容。如果不是入了骨的懂得，怎么会有如此的诉说与牵念。

友送的那个小砚上，雕了鱼跃龙门的图案。小鱼拼了劲，跃在半空，被雕工永久地定格。看着，心里总会着实地紧一下。

友说，名利客不解鱼鸟之乐。

也是，做个鱼就行了，跃不跃龙门的事咱先不去想。过了龙门的是鱼，过不了龙门的也是鱼。过了，怎样？不过，又怎样？只知道，爱意的小砚，就是让自己，不忘初心。

那成摞的信笺，不言说，也是友买的。全部是白的，雪一样的素洁。友说，白，才是最好的底色。白纸，黑字，要多清朗，就多清朗。一叶笺，便是一页情。送你这么多的素笺，就如送你一片一片的空地，想怎么打理，是你自个儿的事儿。

素笺们安然静卧。它们与砚，与墨，与笔，安和地共度着四季，一年接了一年。彼此之间，一日日地，相互接近、懂得，相濡以沫，忘于江湖。

亦如自己，听着话，就着墨的香，一日一日安了心，在这块块净地上，淡定地植荷养兰。相信有一天，这播了一季又一季的种子，一定会在某个春天里兀自盛开，或在某个秋天里安然结籽。

那罐茶呢，也是友送的。上好的铁观音，未焙干，就湿湿地卷了，真空包裹着藏了。秋夜，客来，茶当酒。这客，一定是不用邀的，在该来的时候，就不请自来了。也一定是那个不见想见，见了还想见的人。可以有一句没一句地说着话，也可以不说话。

一壶茶败了，再续一壶，直到意尽。有月也好，无月也行。怀抱了一肚子的暖意，清醒而归。独留了自己，静静地啜苦咽甘，清醒自知。陷于光阴的深处，一个人品晓世间的所有的味道。要懂得啊，要自知，这年岁越长，就越要往回收。

过往的日子，也许少不更事，也许年轻气盛。自己如木，还未及秀，就已招了风的劲摧。一些人，一些事，像是一枚枚隐在暗处的刺，结结实实地扎到了毫无防备的自己。锐锐的疼，经了好久。于是，懂得了敛约，懂得了三省，懂得了日缮。

莲蓬，也是友送的。这来自远方荷塘的莲蓬，住在自己的案上。早已经失掉了所有取悦的水润和青嫩，透着暗调的褐色，泛了灰白的光，满是老莲的低调。只是那原本的精致温婉，却未曾失却，依稀可见新莲的清韵。

三两枝莲蓬，大小不一。昂了首的，低了眉的，都敛了所有的凌凛锐气，静静地守在酱釉瓷小罐子里。就像是褪了绫罗的女子，安然地着了汉麻的裙裾，娴雅温穆地散淡生活。浮华早已去，仅剩下光阴的安稳与美好。

同去的人说，深秋的水已经很透凉，友硬是生生地下了水，采了一怀莲蓬。听了，心里一紧一紧，眼里早已是温热的湿润。素手把芙蓉。说的是不染尘俗的仙子。那持一怀莲蓬的友呢？呈的是冰玉样的心啊。

屋外的杨，浓黄浅降。半米阳光，泻铺书案。

爱人说，若有风。听秋声，阳光入屋，寒凉俱在外。

茶 语

清明前，友人送来一套茶具，捎带两罐陇南龙井。玩笑说，是还我年前四尺的隶书横幅的礼。会心一笑，自是不拘冗礼的乐事。

红木茶海一方，镶嵌莹白的骨花，镂空雕刻，有些拙朴的古美，有着原木的温暖。捎带一壶，一罐，四杯。一律纯白的景德镇瓷，温润若玉。四件器物，有荷亭亭净植。白地，墨叶，红荷，喜气四溢的清雅，让人心地温暖而纯净。纯净的白，简寥的绘饰，洁净到不忍轻触，素洁得瞬间里让整个世界都安静了下来。

暗想，这样精致的什物，简直容不得世间的半点的浊。很想变成几枚茶叶，融身于素雅的杯中，化于清清的水里，优雅地舒展，还原，散出全身经年蓄积的香来。

给友人说：一起喝茶吧，这有明前好茶。

潜心地拭尘，洗杯。朋友贤淑、温婉地静坐着。看我烧水，沐手，温壶，洗茶……像模像样地事茶。

品龙井，清透的玻璃器皿为上。龙井入水，叶色青翠。玲珑碧透的茶叶，在缓急相适的水力冲击下，闲致地上浮下沉，一枚枚地舒展伸开。水，缓缓而变，色渐渐焕绿，若润玉新成，晶莹，剔透。叶，姗姗而展，形如兰瓣初开，温婉，优雅。静视青葱葱的叶子，上上下下，动静相宜，美得让人心惊。像是一介介俊朗朗的书生，踱着缓步，款款地玉树临风。更像一个个娉娉的少女，轻摇裙裾，婷婷地轻舞飞扬。

　　上好的龙井，色翠、香郁、味甘、形美。如果把西湖的龙井喻为大家闺秀的话，眼前陇南的龙井就是小家碧玉了。虽说名气是小了些，但是形与质一点也不输，品当亦属上乘。悄悄地，心里将陇南的龙井喻作未琢的璞玉，也比作深闺的才女，只是多了些含蓄敛约，稍掩了些惊艳而已。

　　清清水里，叶在温婉地舞着，香在缥缈地浮着。手把杯，心若茶水样清明，有喜悦浮起。温热的茶水，味道清新，略尖，稍浅，缓缓入胃，渗五脏，浸六腑。盈目的，是叶的青翠、玲珑、华美。入口的，是茶的青涩、甘甜、厚醇。赏心悦目的，是安和和的美。沁心入肺的，是清冽冽的香。此时此刻，寂寥离你渐渐远了，浮气从心里缓缓沉了。一缕缕清香，自唇边生起，沁了身，润了心，熨帖了全部的浮躁。那滋味，犹如薄凉的夜里，寂寥初起，恰逢知己，沐月酌酒，无需话语，只把盏浅尝。那酒一定要性平味温，那人一定要情深义重。如此，慢慢地，心和人都安和了。

　　朋友浅笑：茶能轮回。

　　也许，是真的。曾经是青青翠翠的葳蕤，然后是无声无息地蜷曲；曾经纳足了阳光雨露的精华，却低调地悄然沉寂。历经了萎凋、发酵、杀青、揉捻、干燥，待到遇见了热水，就像遇到了知音，又喜滋滋地重绽新绿，重将一怀的阳光雨露再释为清新。

　　茶的一生，其实就是人的一生。

　　一个人，就像茶，经历着成长的风风雨雨，厚积的路，就像是茶变的过程。比如习字，比如写作，比如做自己的梦想。不历经时光的洗礼，不在经历中收容蓄积，又怎么能够新呈出人格的馥郁和清香。看来，茶与万物一样，都是性灵的，若寓禅意。也许，世间万物真有轮回。若能懂了茶的语，悟了茶的意，便也懂了生活。

静视友人，长自己几岁，已经不愠不火，竟有一壶清茶的味来。是啊，好友如好茶，清澈，虚静，安和，让人赏心悦目，让人清心寡欲。

细想，怎么不是。

这喝茶，其实喝的就是人生的味道。你看，这水与杯，是彼此的接纳与包容；这水与茶，是互相的融入与成就。这水的清明与通透，茶的伶俐与轻盈，就如人的思想与生活，里面有冷与暖的碰撞，有接纳与包容的对接。

其实啊，这茶之真味，就是人之真味，说透了就是一苦，二甘，三回味。《诗经》里说，谁谓荼苦，其甘如荠。茶之本味，是苦。苦尽了，就有甘来。品茶，品的就是这茶后的味。心境不同，茶味当不同。和、敬、清、寂的散淡，也许是茶带来的，也许是人修来的。人可因茶而雅，心能以茶而清。一个人，如果能从一杯茶的清香里学会思考，那么，一个人的一生就会开始理智、平和、健康。呵呵，人生，不过一壶茶而已。

细细想，茶，也是岁月赐予人间的一种奢华的消受。

开门七件事，而唯独茶有经，有道。古书里记录，神农氏尝百草，一日遇七十二毒，得茶而解之。也有传说，茶茗久服，令人有力悦志。《尔雅》更是妙，把早采的叫荼，晚撷的叫茗。瞧一瞧，这茶的纷杂，不仅类繁，而且种多。有按采取时间分的，有按产地分的，有以香气分的，有按色泽分的。自古说人生有三大喜事，而东坡先生却将人生乐事延展为十六件，其中一件就是：客至汲泉烹茶。

极喜欢郑板桥文雅,也想来一回"晨起无事,扫地焚香,烹茶洗砚"。也想学他,坐小阁上,烹夹剪香,令友人吹笛,作《落梅花》一弄。哈哈,做梦了。这样的生活,一定得需要前世几辈子的光阴修为。

自己住的这个小城,人们也是好茶的。只不过,这雪域高原的镇子有些冷,只不过被曾经边塞的风吹的有些粗粝。早茶,晚酒,饭后烟,快乐似神仙。是人都会羡神仙,小城人们都嗜酒饮茶。青砖茶、老茯茶,大壶大壶的,炉火慢熬,酽酽的,色如琥珀。有的放黑糖,有的添枣子,加姜片,有的加牛奶。不说情调如何,单单那茶满壶满壶的暖和,也足以让高原小镇子的人们欢喜不已了。

茶艺,茶艺,是将喝茶当艺术。这几年,都市的风近了,大大小小的茶府也开了不少。不过,皆是些文雅的招牌,给有文人情结的人一种诱惑和玄想而已。有时,也叫三两知己,去茶府里雅坐。自然这茶府,处处带足了酒店气质。水,茶,器,火的四样东西的讲求,是根本求不到的。因而,去茶府,就是一种造心境。其实,无论如何的修造,也找不到臣门如市、臣心似水的境界来。这古人的雅致,不好修呐。

茶无语,却一壶茶语。信任,并喜欢茶带来的感受。说茶,事茶,吃茶,皆唇齿留香的事。寒夜客来茶当酒。且不管春社、谷雨、明前还是白露的茶,也不在意是六安瓜片,还是老君眉,更不讲究是"隔年蠲的雨水"呢,还是"梅花上的雪",咱只要在茶里得淡泊与安稳,心里就会舒坦一辈子了。

呵呵,读书,习字,吃茶,写文字,专心做好人。

再回村庄

　　回到村庄，老屋门前的杨树林仍在。一只鸟窝，高高地悬在一株杨树上。风一吹，窝在动。

　　小时候，这些树，陪着自己度童年。最爱做的事，就是坐在家门口场园边的石碾上，安静地看着这些杨树从青白变浓绿，从浓绿变鲜黄，然后又回到青白，一年又一年。

　　这个村子，是一个北方高原的小村庄。

　　春天短得似乎没有，夏日刚过，秋就急慌慌地来了。秋天一到，萧瑟和清冷就来了。杨树们的情绪，说低落，就突然低落了。她们像精神有些分裂的母亲，说变脸就变脸，说狠心就狠心了。叶子们一下没有了爱的庇护，成了弃儿，凄惶惶地落下了。叶子没了，鸟就飞走了，光秃秃的枝丫上，只留下鸟窝，暴露在风里，孤零零地悬着。

　　鸟窝，成了空窝，成了时光的影子。它们，以破败的形式，悬挂着，盛放了淡淡的怅惘和浓浓的孤独。

　　村子里的人们不是鸟，他们却像鸟一样，爱上了飞翔。这些年来，他们飞来了，又飞去了。让越来越多的屋子，像杨树上的鸟窝一样，悬在了村庄的寂静里。

　　老旧的土屋子们，悄无声息地依山傍水，依旧留在青山绿水褐土间。它们，如一些上了岁数的老人，坚守，依恋，孤单。屋子里的大多数的年轻人们，他们如四季一样善变和不安分。他们的心大蠢蠢欲动。眼睛向着城市的方向，欲望长上了鸟的翅膀，内心像鸟儿一样，做着飞翔的梦。

自小在村子里长大的，像熟悉自己的身体一样，详知村子的冷暖悲欢和所有的气息。

印象中的村子，好像很小很温暖。

走三步是张家大爷的石垒墙，过五步就是李家婶子的木庄门了。路左边是王家的白猪，右边就见赵家的黑狗。村子间的路是黑土路，大大小小，斑斑驳驳地垫了些青白的石板，无章无法，但相互揖让，细看，倒有些情趣。村落上空永远是淡青的烟，白家天窗里升腾的是蒸青稞面油花卷卷的气，杨家门里飘浮的是炝野葱花的味。谁家的馍馍熟了，谁家的饭好了，全村的人好像都知道。那时候的日子，没有现在富足便利，人心却很近。如果白家奶奶早上病了，村里的婶婶们晚上一定去探望了。

现在的村子，与我小时候的村子不一样了。

村子还是原来的村子，但是似乎变大了，变空了。走在庄子里，轻易看不见人。连那些鸡啊鸡啊猪的，也都不见了，连鸡鸣狗吠的声音也听不见了。那香喷喷的炊烟呢，那些肥猪瘦狗呢，那些鸡毛蒜皮呢？生活气息都寻不见了，自不必说闻见谁家的饭香了。

村里的人，大多住上了新房子。一家临着一家，一律的白墙红瓦，一律瓷砖门栋。高高大大的庄门，紧闭着，隔了外界，很严实，再也不需要一条小狗来忠实地守护了。在庄子里沥青铺就的路上走上半天，听不到鸡鸣狗叫，闻不到鲜活的人气。也不知道，那些小时候的鸡朋朋、猪友友们，在这高门大院里被归置在哪儿了。

村里的老亲说，年轻人的房子多数是空放的，他们都去城

里了。有些，只是过年的时候才来住一住，注上些烟火气。一些中老年人也租住了城里人的房子，去供孩子们上学了。村子里原来的生活已经被他们丢弃了。有人说，村子太小了，土地太薄了，养不了他们的新希望。

惆怅悄无声息地袭来。感觉，像是那些高高大大的房子，空空的。气派、豪华是表面的，孤独、寂寞是心里的。

突然，就想起了冬天杨树上的鸟窝。村子与冬天的鸟窝一样的孤单、无援。

新房子，旧屋子。它们一样端端地坐在村庄的黑土地上，在村子里静静地等待，等待着主人的牵念回归，担水劈柴，生火做饭。

而屋里的主人们，正奔赴在城市的高楼巷道间，在城乡交接的地方或者旧城改造的地方，住着简易的工棚，用电磁炉做饭，把那里当成了家。不知什么时候起，年轻的农民们把自己劳动都给了城市，却像蝉蜕一般，抽走了所有的热情与温暖，留给村子的是一个个空空的壳。

老亲家的新房子仍建在旧址上，不见了黄土夯的院墙，一溜新的七间封闭式房子，崭新地站在一米多高的水泥台阶上。老亲不老，也只是五十过些，可是偌大的院子里，依然看到了他的苍老来。屋大，人少，空荡荡的。问起三个孩子，笑了笑，说都出门了，早知道家里的新房子留不住他们，就不盖了。是啊，没了年轻人的生气活力，这些宅院是显得太大了。

村子里的年轻人都走远了，去城里追求他们的梦了。外边世界要比村里的房子广大得多了。留守的老人们，只有盼着年关快近些。过年了，该回来了。孩子们候鸟般返回了，热热闹闹地过个年，屋子会重新焕发生气。然而，年过了，他们又离家远行，继续着他们的梦想。村子，房子，老人们的心又再度归于岑寂。

越往后，他们返回的次数越少，村里房子宽敞和温暖难抵城里生活的方便快捷。越来越多空房子，越来越像冬天杨树上鸟窝，在飘摇中坚守、等待。那些原本应该让人心盛放的愿望、教化、孝道，似乎移交了，转给空房子来承担了。

老亲说，有些在外的年轻人们，愿望太大了，心不安分，外面的日子过得并不比村里好。是啊，太大的愿望，太不安分的心，远离了实际。一些背井离乡的村民至今居无定所，他们没有固定的房子，他们的家总在路上，走南闯北，家就在背上的行囊里，走到哪儿，家就在哪儿。没有固定的家，没有回家方向，日子便多了未知的茫然。一路的匆忙，总在急切中穿行。村里人的城里梦，让生活变得一天天地实际。只是家在路上的滋味，只有他们心里才知道。

老亲说，在城里开了眼的王家娃回来了，办了个肉牛养殖场，红火得很，收效好得很。据说要办成个大型的养殖基地，招用村里的年轻人。那个山东人搭的棚里，冬天里结出了红丢丢的草莓，一个顶我们山里的十个大。那个福建人建的棚里，西瓜都长在架子上，两三个瓜就值一百多。说话的老亲一脸的欢欣，一脸的羡慕，一脸期待。

回头，再看。那只鸟窝还在隐隐约约地高高悬着。它与村里的新房子、老院子们一样，在悄无声息地安静着等待。

走在村里，有风吹过，杨树在摇曳。田间地头，土地安然。一个个惠民政策宣传栏，自信满满地站在青山绿水间。阳光如此明媚，它正一寸不落地照耀着静静的村庄。心里，突然有了安稳的温暖。

山药花儿开

到田埂上时，午阳正暖，晒得黑色的土地暄暄的，似乎正在嗞、嗞地腾着微热的气儿。空气有些闷热，也有些潮润。成片成片的山药，如同怀揣着爱情的人，在金色的阳光下热烈烈地幸福生长。

连片的大田山药，一垄一垄的，像碧绿的波起起伏伏。山药花事正盛，规则不规则的地界，土地幻成一个个花畦。白的，紫的，粉的，一朵朵花儿，星星点点，像一只只的蝴蝶，轻启了柔柔的翅羽，在秧蔓上美丽摇曳。

村里的阿奶们说，这山药花开得赛牡丹啊。

当然，明眼人一听，就知道这是偏爱和夸大。农人的眼里，庄稼好比是自己的娃。有谁会不看着自家的娃娃比别人家的模样俊呢？

庄稼人务得是实惠。种山药的目的，可不是为了看花。在这么大的田地里，谁也不会舍得来养花的。

山药，也有人叫土豆，在正式的场合被称作马铃薯。

人们爱上山药，可不是它秧蔓风神摇曳，花开得妖娆风情。旧时的人们，眼睛里哪有什么秧蔓摇曳、花儿风情哪，他们期待的是秋分早至，霜降快来。

待到秋深了，霜降了，山药的秧子被霜杀蔫时，那肥硕硕的山药，就可以很阔绰地煮进锅里了，大人娃娃们可以敞开肚子吃饱了。山药藏进窖里了，等于半年的光阴存进去了，日子就不用天天发愁了。

山药是乡里人民的恩人。它们曾经养活过几辈人的生命，曾经在山区的土地上霸气地盘踞过很多时日。小时候，村里的气候没有现在热。几百亩的田，都是旱地。人们靠天吃饭。除了种着青稞、豆子、油菜，就是大批大批的山药。风调雨顺的年份还行，若遇不顺，山药就担起主粮的作用，人们就全靠它们养家糊口。

就像我一样，每一个从农家土地上生根发芽的人，都对山药有着难言的情结。春种，夏生，秋天收。山药在土地深处养精蓄锐，按它的路数生长，不慌不忙，一蛰就是三个季节。三季其实不长，可是饥饿中的等待，就让近百天的日子就显得分外得长了。

多么漫长的时日。大人们经的多了，有足够的耐心等待一粒山药的长大。孩子们可就不一样了，那土地下面的山药，比金子还贵重。火火暑夏，日高人渴。小孩子们总是急不可耐，拔过秧蔓，顺着土地的裂隙，判断土里山药的大小。勇气佳的，顺大裂缝摸下去，会碰上一个大家伙。瞒过大人，偷偷地埋在炕洞里，一个黄澄澄的绵软沙香的烧山药就有了。有了这个烧山药垫在胃底，打柴放羊的劲儿就足了。

心里爱着山药。除了它是给予过饱腹的情感外，还曾经给过自己一种美好的想象。山药，因为品种不同，称谓也就不同。至现在，深深记住的只有两种山药的名字。

一种叫"小兰花"。不但是名字好听，花也开的很好看。深紫色的花，五瓣，黄蕊。有风吹来，一垄一垄地摇摇曳曳，给单调的村子添了美，也让儿时寂寥的天空多了几颗想象的星星。结出的山药，也是紫紫的，有着一种暗调的美。紫色的山药，

静卧在犁铧翻耕的黑土上，犹如蒙了尘的紫玛瑙。如果要夸村里谁家的姑娘好看，就说谁谁家那姑娘长得和小兰花一样。

另一种叫"四斤黄"。记住这名，是因为这种山药的个头着实惊人。据说，最大的足足有四斤重，又因为外皮和内质都呈姜黄，所以有了这个名。稳妥地收了"四斤黄"，大人们悬搁的心就稍稍稳当了，脸也舒展了，再怎么，也饿不了肚子了。孩子们更是兴致高了，东家田西家地地乱窜，比着谁家地里出的山药大，最大的那个当然就荣称"山药皇上"了。

再后来，"小兰花"和"四斤黄"就从那片土地上销声匿迹了。据说是品种退化了，从此如一些曾经声名显赫的人，渐渐隐退江湖了。可是，自己仍旧怀念"小兰花"，怀念"四斤黄"，就像怀念一些亲人，比如爷爷的纯善，比如父亲的智慧，比如妈妈的勤劳。他们就和小兰花一样，如一枚枚楔子，深深植在自己的生活乃至生命深处了。

上大学时，因为自己来自甘肃，又因为脸上拓着高原红，加上营养不良，长得比较矮，被同桌戏称为"山药蛋"。可是，这个有些贬义的绰号丝毫不妨碍自己心底里对山药的热爱。想一想啊，山药能在黑暗的土地下悄悄地蓄积力量，长得肥肥大大，养育了一代代人。自己还真的愿意成为一枚山药，蓄日纳月，日积月累，有一天也能为善良的人们做些帮助。

如亲人一样爱着山药，是有缘由和情结的。

那些年，家境贫寒。做父母的，总会为儿女吃粮和学费犯难。也总是那些不起眼的山药，在一定时刻就会担当使命，化危解难。

家里人口多的人家，吃量总是紧巴巴的。一大锅山药，可能就是一家人一天的饭。馍馍就着山药，或者山药拌些青稞炒面,足以让人抵挡饥乏。甚至有时候,山药送到学校食堂,也可以抵些孩子的学费。

会不会过日子,先看吃法,会不会吃决定了一年口粮的丰歉。比如吃山药,大多数人家是都是粗加工,不是煮,就是烧。母亲属于会过日子的。她总会把瘦瘠瘠的日子过得稍稍丰满些。家里的山药,经了母亲的手,就会变得精细了些。

田野萌绿的春天,四野的艾蒿青葱肥嫩。劳动归来的母亲,总是捎来一把汁水充盈的艾蒿。先将将山药切块,覆一层面,再面覆些艾蒿,然后温火慢炖,最后用勺子搅拌均匀,一顿翡翠样的搅团就成了。奢侈的时候,会炝些蒜泥红辣面。家里的日子,顿时间就好比过年,香味四溢了。

阴天下雨不做农活时,母亲也会让家里充满意外的喜悦。几个煮熟剥了皮的山药,被细细地研成泥,和些面粉,团成饼,在热铁锅上抹些清油,一会儿工夫,金黄的山药油饼儿就成了。不会有多的,至多一人一个。当然,父母亲的那份儿,不是让给爷爷的,就是留给了妹妹。

时光,有时真的是一个美好而伤感的词。

时下的乡村,一些曾经与人相依为命的东西,渐渐地淡出了人们的生活。山药和水磨、石碾、犁耙、火炉等器物一样,就像儿时的青梅和竹马们,过着过着,就渐渐不重要了,甚至慢慢不见了。

青稞走了,小麦来了。大米来了,山药退出主食了。消失一样东西,就会出现一种东西。生命里一些东西,该退出时就会退出。说没有,就真的消失了,好像山村里曾经吹过的一阵风。比如我们曾经的爱情,比如我们的亲人们,老的走了,新的又补上了。对山药的情怀,也不再是虔诚的厚爱了,也变得

· 205 ·

可有可无了。这是宿命。

曾经的山药们,已经完成了它的使命。那个城里学厨师的小伙子,在村里的家里露了一手,做了山药宴:大盘鸡、红烧山药、拔丝山药、醋熘山药、清炒山药、干锅山药等等,炖的,烤的,炸的,蒸的,样样俱全。土模土样的山药,变成了宴席上的主人。小伙说,城里的人来山里消闲的越来越多,打算开个农家乐,店名就叫"爱上山药"。山药,自然是主角食品了。

时光改变着村子的气质,也改变着山药和人们的命运。一枚伏在黑暗里渐肥渐大的山药,它们照日沐月,听风得水,恐怕做梦也想不到,有一天也会有涅槃的一刻,从毛毛虫化作美丽的蝶。过去的人们,谁也不曾想过,日子过着过着,就会吃着白面大米,山药退出主食,却金贵成菜了。

世间每一种物都想以美好的方式出现。人是,山药是,人与山药在相互成就。大地不会辜负生活的强者,也从来没有抛弃那些在土地深处与山药一起生活的人们。

放眼四看,大田里的山药秧蔓青翠,花事正盛。山药和人们一样,在阳光下,都酽酽地做着幸福美好的梦。

入村记

丙申正月一过，进村入户的工作就开始了。自己联系的这个村子一百多户人家，有十几户贫困户。

来到张家。一进庄门，张嫂子就搓着手，迎了上来，念叨着今年春上下了十几只羊羔子，等天暖了要赶紧儿搭建养畜暖棚。又询问城里有无有一次性收羊的。说家里还有十几只羊，就圈养在后院里，想在春乏关来之前卖几只，再备些草料和大田里用的化肥。

说这话时，张嫂扭头看着窗外。院子的一半已经打了水泥，显得平整干净。中间留了一块方形的空地，裸露着黑色的土，用砖在边上砌了个一圈简易的墙，是预留的园地，计划要种些青菜萝卜之类的。对于农家，菜很金贵，得靠自己种些。

靠墙的地方，还有些雪，上面落了些灰尘和几块废塑料片。几把沾了泥的铁锨歪斜地立在院墙边上，一铧犁落寞地卧在院子的拐角处，一方废弃的喂猪饮羊的石槽，上面置着一个烂了边沿的柳条编的背篓。

已经是晌午时分了，外面还是有些冷清。春节的气息在这个院落里依稀还在，家里门框上的春联是印刷的成品，六尺幅的长度，集米芾字的七言联。纸依旧红得很耀眼，字黑得像是刷了漆。窗上还贴着机制的窗花，也是耀眼的红。春联、窗花，完美得无可挑剔，却少了些手工生拙自然的趣味。

炕上的张大哥病着。张嫂说，一天下午，正在粉草的张大哥突然就肚疼难忍了,还吐了两口带血的痰。找了个邻居的农用车,拉到县医院,一查,出大事了。说是肝有病了。接过张嫂递过来的一沓病历。一张化验单子赫然:1.弥漫性肝病。2.水肿性肾积水。3.浅表性胃溃疡。

张大哥半躺在床上,斜靠在被垛上,脸色黑红,略显虚浮,嘴唇黑里泛些紫。说可能早饭吃的不大合适,肚子胀,还想吐。说话的声音有底气不足的发虚。他说,幸亏有新农合,病治得及时。要搁在以前,这命都保不住了。过些日子,开上个转院证明,去省城兰州看看,大城市的专家一定会有办法的。

中午前,张嫂陪着我在村子转了一圈子。

村里很安静,不见老人,也不见孩子。理应热闹的小学和村委会门口,也难得见上一人。路两侧人家的大门紧闭着。张嫂说,左边的这家前年去了新疆,没人;前边那家,去年走了内蒙古,也没人。张大哥的其他几个兄弟都去了东莞,房子还在,门锁着。路头边上,那个高庄门的就是他大哥家的,门口长着些干掉的草,大概有四五寸,几乎把进门的路都遮掩实了。

路口的左边,迎面来了一个中年人,说是去棚里。我凑上前去,顺路说着话。他说,种了大棚蔬菜。问及蔬菜销售情况,他说黄瓜一斤二块二,都交给附近贩菜的了,所以利薄些。如果自己能运输,利就会多些。他又接着说,下一年不能光埋头种菜,脑瓜子得放灵活些,得想想销路了!只懂得低头拉车,不抬头看路是不行的。想想,话说得还真有理。

中午饭是在张嫂家吃的。张嫂子做了醋卤拉条子,炒了牛肉粉条、西红柿鸡蛋和很细的洋芋丝。拉面和得很筋道,我吃了两碗,唤起了久违的记忆,想起了小时候自己的村庄。那时,吃碗拉面,已经很奢侈了,哪还敢想过吃菜。一起来的小同事只挑了两口，说吃不惯，却将桌上半盘炒鸡蛋一个人吃光了。现在的孩子，胃口被好吃的东西惯坏了，嘴刁得很。

饭间，谈到张大哥家的两个孩子。大的女儿十八了，小的女儿十六了，都在县城上中学，学习成绩都好。现在，农村的孩子上学享受十二年的义务教育，学费全免不说，国家还补助生活费。说这些时，张大哥一脸的笑，好像压根儿没生过病。他还说，过去要是有这么好的政策，自己说不准也考上大学，早就成了城里人了。再差，也不会是个睁眼瞎子了。惹得大家一阵子笑，说认命吧，谁让你那时没有赶上现在的好日子哩。

又提及农村现状。张嫂说，年轻人不爱村子了，都跑出去打工了。庄子里一些上了年纪、子女在外的，也跟着都走了。留下的，也没什么依靠。她说去年冬天，庄子上的李婶婶过世了，村上连个抬埋的人都凑不够！马丫丫一家也在城里买了房子，却留了两个大人还在村上，就是为续着与村子里邻居们的情分。将来等老马奶奶走了，也好有个搭手帮忙着发送。

我一边听着张嫂子东一句西一句的唠叨，一边打量着屋子里的陈设。柜子半成新，用复合板做的，是那种面子上贴了纸又刷了漆的。门边上立着一个冰柜，新新的。正面的组合柜子是木质的，几年前的老样式。柜子上放着一筛子花卷，白面的，一些用清油卷了褐色的胡麻，另一些卷了绿油油的香豆子。橘色的炕桌子，桌沿上碰掉了些漆。上面放着一个大盘子，盛了些菜籽油炸的麻花和油饼，黄澄澄的，很诱人。炉火正旺，砂锅里炖着为张大哥补身子的汤，一屋子飘着鸡肉的香。

中间张大哥也插了话，说起农村里小伙子娶媳妇太难的事。他说，村子里的姑娘们，只要识字的，都去外地打工了，只要去外地了，就不再回村里来了。村里的小伙子们，也都去外地打工了,好点的娶了外地媳妇。回来的,娶媳妇就成了大事了。前头几年里,仅净彩礼已经涨到二十万了,还另要三金(金手镯、金项链、金耳环)、衣服钱。就这种地养羊得来的钱,怎么能凑够啊。后院李五的女人前几年生病死了,儿子今年都三十五了,还娶不了媳妇,一家子两个光棍,那个日子啊,过得……

年前读过贾平凹先生的长篇小说《极花》。书里说,城市夺去了农村的财富,夺去了农村的劳力,也夺去了农村的女人。农村的那些男人在残山剩水中的瓜蔓上,成了一层开着的不结瓜的谎花。只记得那深夜的安静里,胸口很沉闷,像压了又厚又重的东西。

很短的时间,这样的场景,也在村子里亲自感受了。心里有些压抑,好像有东西重重地搁着。

趁着午饭的阳光,走进新农村。因为干旱,风起时,空中有些浮尘。灰塌塌的村子里,新房子显得分外美好。房子统一为大、中、小三种规式,三室一厅或两室一厅,均有一厨一卫。家家通了水电。白墙,碧瓦,和别墅一样阔绰。

眼羡着,心里突然有了非分的想法,也想在村里有套这样的房,青山绿水间,清清明明的,说不准还能写出些锦绣文章。呵呵,想多了。

随便走进一户人家,都是走廊宽敞,窗明几净。冰箱、彩电、沙发、茶几一应俱全。土炕不见了,代之的是平展展的床,新崭崭的。后院不显眼的地方,还放着原先用过的旧家什。老面柜、旧炕桌,也许是传了几代人了,舍不得扔掉。庄户人家,一样子东西,就是一样子情感。新房子里,留下了旧的东西,那是对光阴的一种怀念。

村书记说，国家对农村的扶助政策前所未有的好。危房改造让大多数村民都住上了好房子。接下来，精准扶贫会让村里的贫困户很快脱贫致富，很快住上这样的好房子。还说，国家在帮助我们，我们大家也要一起想法子。你看，路修好了，棚搭起来了，水也引进来了，还有这么多的人在帮助我们，剩下的就是大家的努力了。政策前所未有的好，日子会一天比一天好。

说话间，屋外的阳光透窗而入，镀了一屋子明亮。万物生长靠太阳，有了太阳，就会有新的希望。炉火正旺，老砖茶"噗噗"地冒着热气，空气里飘浮着枣茶的香味。液晶电视里播着相声，看电视的老奶奶一声一声呵呵地笑着。喝了口热热的枣茶，身心都暖，心里突然变轻了。

断舍离

乌鞘岭上，所有的草，在清冽的秋风里黄了，白了。黄黄白白的草，染了高原的底色，连风也多了荒衰的气道。

久久地，坐在山顶的亭子下。清风徐徐，如凛冽的水，轻而有力地漫过，是渗骨的凉。四野空旷，尽是风的张扬。四野里，除了风里茶茶的白草和坚硬的苵苵，剩下的，只是自己，也轻得就像一片荒凉里跌落的薄叶子，在风里摇摆。

总以为，年近半百了，眼中和心里世界都是天高、地阔的辽远，所有的经过都应该是云淡风轻了。也以为，半百的自己有能力，有能力去清空所有的过往，有能力去把控人生今后的方向。更以为可以安然地穿过春云、夏雨、秋月夜，早早地坐在冬天在暖炉边上，无所挂碍，有心无意地闲临古帖，听那窗外的落雪"扑簌、扑簌"地传递安和的温软。

然而，习惯终究养成了难以驾驭的惯性。

依旧是如此地依赖，无可救药。依赖在不安、无助里沉溺。如一个溺水的人，绝望地伸手，徒劳地挣扎，努力，想在空旷的无助里拽紧那棵救命的稻草。依旧陷落在困惑里，不择时去倾诉，在清晨、午间，甚至深夜里。

习惯的力量，就像是种子的力量。一有了土壤、水分，就不分昼夜地生根发芽、枝繁叶茂起来，竟一日比一日茁壮。

心里住进的那些人，那些事，越来越大，越来越重。太满的东西容易破。自己的心，如一个淋湿翅膀的鸟，太重，无法振羽。又如肥胖的患者，胃里太满，身体太重，太需要去清空、减重了。

然而，清空，是如此地需要勇气和力量。

这样一个清秋的午后，一个人，就一个人，来到凛冽的山上，沐在风里，穿过岭上长长的栈道，在风里，哐啷、哐啷地踩出满岭的荒凉。

乌鞘岭的风，从山峰上凛凛然而来，"唑哩、唑哩"的声音里，带足了重力的速度，尖锐而冰凉。刺骨的冷，让一些心里存放过久太过热络的东西，渐渐冷却安分下来。

这高原的凉秋啊，的确凉透。这凉，足可以用来做绝缘剂，挡住了心底世界里曾经熊熊燃烧的火。

人世的江湖是幽而暗的，是躁而急的。那些芜杂的、繁缛的、喧嚣的东西，纷纷地来，纷纷地去，如乌鞘岭上猎猎的风劲道地吹过。风过处，有尘留下。坠露可添流，轻尘能足岳。心境里也是刮过风啊，它不是菩提，怎么能没有尘埃。

心境有了尘埃，万不可小觑。积得越厚，越足以淹没了心性，会让心智变得昏蒙。

需要及时去清理。

要学会不去倾诉。要学会独自承担、超越。

回头来看，所有的倾诉，似乎都没有任何益处。更是渐渐地发现，所有倾诉者只是把所倾诉的对象，幻想成了另一个自己。与其说，是倾诉让你安稳，不如说自己说服了自己，或者自己妥协了自己。让对方懂你，这个要求太过高了，实为奢望，无法完成。所以，要学会去安静地和自己的内心成为朋友，温和地善待自己，接纳自己。

过往的日子，除了工作挣生活养家糊口外，似乎用心只做

三件事：读书，习字，想念一个人。终究发现，这是半辈子的习惯，终究是错了。

其实，应无挂碍，故无挂碍。

星多，月不明；鱼多，水不清。水落了，石才见。月落了，空才明。这是自然的理，也是人生的理。得认。

从小就不喜热闹。喜欢躲在无人处，安静地读书。现在仍然是，独处，便是天大的享受。

心境，时而苍老，苍老得如老屋顶上瓦缝里的苔藓，又如台阶上檐水穿石的斑驳，仿佛轻轻触及，便有陈旧霉味泛起；时而青葱，青葱得像园子青草尖上的露珠，更像春夜畦垄上的鲜韭，似乎一冲动就可以顺手来页惊世骇俗的韭花帖。

爱写文字，爱习书法。其实，这些都只是妈妈手里的针线，它缝补起的衣裳，能替我遮风挡寒。因为这衣衫的庇佑，才稳稳地走过了这么多难走的路。更如一帖膏药，能治疗我的疼痛，在受伤跌倒时，总能坚强地站起来，重新再走。

是的，应该厘清了。理清自己，明白应该要什么，不应该要什么。哪条路该走，哪个人该交。哪份应该得，哪份应该舍。

所有，终究会过去的。

萧瑟与寂寞，是人生必须要承担的。

前几日，和友人去吃小火锅。她说，想不想喝点酒？友是明艳的女子，开朗活泼，在现实里如鱼得水，甚至长袖善舞。但自己的笨拙，似乎也并不妨碍两人情义。

我安静地摇摇头。其实，那一瞬间，心里是特别想要一支烟来抽的。那是我走过的人生里想抽的第二支烟。

在暖而坚实的臂弯里，自己抽了人生里第一支烟。那个傍晚，屋子暖和。说，给一支烟。抽烟的冲动，缘起于烟草燃烧的弥漫里，一双眼睛里有湖水的安静清澈。极拙劣地抽完人生第一支，也是最后一支烟，并被呛出一脸的泪，冰亮而温热。犹如很早前拙劣地喝下人生第一杯，也是最后一杯酒的狼狈。似乎冥冥之中，这些貌似美好的东西，于自己，注定只是一堂课。

远处，马牙山顶上覆了厚厚的雪，蓝天下泛着青幽幽的光。马齿天成银做骨，龙鳞日积玉为胎。二千三百多米的高度，让山自带神圣威严。近地，白牦牛踱在草地上，摇着长长的尾安然地觅食，任风劲烈。

秋里的阳光照在山坡上，是安静的，像是流水，从山的腹部无声地抚过，让草地的光泽有了生动丰满。那些黄了的碱草，那些枯了的野花，均是敛眉颔首地，微微倾着身子，谦逊低调。

忽然觉得，这人世间的所有纷争，如何能抵得上自然间这一刻的清寂。

山弯弯处，路过藏族牧民家的圈落。进了牛粪码砌的院落里，想讨口奶茶喝，毕竟深秋了，有些冷。女主人利落地手抓了牛粪，添火，很快地打了酽酽的茯茶。

主人家的收音机里正放着忧伤的"花儿"，如泣，如诉。喝着热热的奶茶，听着让人心颤的"花儿"，突然热泪盈眶，挡也挡不住。

曾经，那么郑重地当真，曾经，那么全力地交付。积压的正是这真真切切如"花儿"里漫淌的抱怨和伤感。

此刻，全化为虚无。

那不过是必须经历的经历。

坐在主人家的院落里，屋顶的烟筒里，松松散散的烟，还

能闻到牛粪的味道。简易的门框也有了年成,藏文的春联,已经被风吹旧了,纸色泛白,墨色经了雨淋,已经淡得像是古画拓上的水印子。

　　院落,让风弱了。高高的天空上,一大朵又一大朵的白云,清明干净。随意扎起的园子里,菜已经收了。一丛紫色的大丽花,一半开着,一半歇了,像是过倦了日子的女人,装容潦草。

　　自己对自己说,过去吧,过去吧。

　　已经好久了,心里不畅时,常常一个人去风里走。走累了,就觉得会好很多。或者去昏天暗地地睡觉,睡醒了,天亮了,一切会好起来了。那份来自骨骼里的忧伤,半部分是别人给的,半部分也是自己找的,不怨谁。

　　习惯了以书养人。常常屋子里读书,读着读着,天就黑下来。整个屋子里,只有自己一个人。这么多年了,一直如此。这样的时候心里是清寂的,有一种清丽的寥寥。

　　着了魔样地喜欢习书法,喜欢张迁的朴拙厚重,可以补正我女人家的性情小气。横平,竖直,又情致丰盈。或亦有人以为那是名利的追逐,自己终是明白,那不过是内心喜欢和想要的一种气息——寂寞而端正的气息。

　　也许抵达并尊重自己的内心只需要一个指令。命里注定的东西,躲避或是强求,都是无益的。

　　所有的纠结,势必会成空。

　　秋天长水一般的风吹草动,曾在心里鼓荡难控,却原来只是一片水迹而已。你以为的刻骨铭心不过是云淡了风轻了。你以为的一辈子生死纠结,不过如此。

　　有风吹来,梦醒。心自惊。

缘分若尽,挡都挡不住。不要回首,哪怕一眼,也已是多余了。都过去了。清空所有。连梦也是。

都该过去了。所有的悲欣交集。

断舍离。不过如此。

亲爱的，请允许我这样活着

　　似乎，已经很久了。日出，而作。日落，而息。一日，又一日，自己安然地囿于自己的天地里。像一个地地道道的农民，甘心情愿地在自己建成的院子里心无旁骛。一天接着一天，生火，做饭，做自己的梦。
　　甘心在此。
　　干净的宣纸，柔软的毛笔，纯净的墨，搭建成了自己精神的园子。这园子，澄明得如同瓦尔登湖，里面拥有的纯净、安宁、淡泊。笔、墨、纸、砚，还有一颗安然的心，它们已经成了彼此的知己，心照不宣。晨起，暮卧。操管，濡瀚。和它们亲如兄弟，融如姊妹。我们相依为命，抱团取暖。
　　你说，我过于沉湎。
　　亲爱的，请原谅我的躲避。
　　其实，有时候，现实里真实的疾走、奔跑，于我，已经相去很远。其实，我真的想敛起我曾经想要飞翔的翅膀，营造一隅，沉湎美好，安放灵魂。多想让自己隐身，隐于芸芸众生，行走在世俗的目光后面，避躲口舌之利镞。
　　一些人，让人害怕。他们就如同那些微信上转发的垃圾人。他们的内心，积淀了太多的阴暗和晦浊。潜在的负面的情绪，就像装进气球里的氢气，不能碰触。也许，一不小心，一触即发的爆炸，就会殃及池鱼。池鱼之殃，无罪也得承受。
　　请允许我沉湎。关于与前程、理想等等，这些与正大相依相生的东西，在自己的心间，渐渐隐去了它咄咄逼人的光芒。关于功名利禄，就像是天祝春天野外里的小草，长相羸弱，注定可能不能如愿地长大、拔节、抽穗，当然可能无法结籽了。能做的，只在心里的世界里，不停地准备，坚持，蓄积。

你说，我过于懦弱。

亲爱的，请原谅我的无助。

其实，一路的走来，自己真的有些累。已经懈怠了这么久，习惯已让自己变得有些心安理得。那些人和人结织的网里，自己如一只茫然不知所措的鱼，来不及惊慌，就已经陷落。四周的人们，眼里白多黑少，就如他们毫无厘头的语言，里面尽是黑色的汁液，里面还有浓浓的鹤顶红。

你看，屋外的风如此大。黄沙，撒天扯地的，如幔，遮天又蔽地。华藏广场风口里的那棵树，被风吹得七零八落。其实，自己就如那棵树啊，不小心秀了一丁点儿，他们，她们，就成了风，四面而来。吹得很劲，身体痛，心也疼。

可是，四周无墙可依，甚至无一棵树来相扶。妈妈说，孩子，累了，你可以停下来。自己给女儿说，孩子，累了，你可以停下来。可是，这走着的路，怎么能说停就停下来？

你说，我过于慵惰。

亲爱的，请原谅我的放下。

其实，三四十年的栉风沐雨，并没有历练自己强大。尘埃尚未落定，长空依旧霜冷。自己依旧慵惰得如同那只蜷伏在土炕上的老猫，闭了眼，如在等待终老。只是，父亲培养了我独自行走的习惯。哪怕，这世上，只有我一人，面对空空四野，自己依旧外表镇定自若。

生活里的刀光剑影，过于锋利了，寒光让人心悸。世间的薄凉，永远容不下心灵的温度。卵与石的传说：权利的锋刃切割着尊严的厚度。也许，那些箭镞，就隐在某个紧掩的门后，或者，就在那文质彬彬的镜片后面。

这个世界上，我只是一枚卵，周围都是石头。以卵击石，永远不可取。我已经放下，绕道，择路而走。

你说，我过于执着。

亲爱的，原谅我的坚持。

其实，这个世界，善恶并存。入世的坚强，就像是天上的太阳，它一直挂在我人生的路上。亮灿灿的灯光下，我沐手、焚香、抄经。手写和默念：心无挂碍，无挂碍故，无有恐怖，远离颠倒梦想究竟……佛音吉祥，心安如莲。

天地日月，生老病死，就是永久的程式。远离尘嚣，是为了纯净的自己。养鱼、种花、读书、习字，我和孩子在自己的世界里快乐、欣喜、不安、坚持。一个女性，应该在俗世的天空下，不断的修葺自己精神的庭院，来安顿自己心灵。

你说，我过于性情。

亲爱的，原谅我的胡言乱语。

其实，人的一生，就是一个短暂的过程。其实，这么短暂的过程，不需要太多的思考。至情、至性，才能保持至纯。这个世界上，我什么也可以不要，但一定不能不要纯正、干净。我渴望，人心纯正，现世安稳。我努力，做一株荷，亭亭玉立，净植在清清的碧波中。心静了，世界就静了。明白生活了，心就安了。

亲爱的，原谅我的由马信缰。

其实，人的一生，就是一个选择的结果。长笛、短箫；二胡、三弦。选择什么乐器，来弹奏生活，得随自己的心。我选择这样与世无争的生活，和自由的性灵，是我心之所归，性之所及。

亲爱的，文字敲打到这儿的时候，心境，突然澄明。其实，这世间的枯荣，本来就有一定的路数。亲爱的，谢谢你，这么耐心地容我自言自语。

欢娱，短。寂静，长。我安静地来，安静地去。洗衣、做饭、习书、码字，踏踏实实地爱着我爱的人。

柳树依依

家住临街的四楼,窗外是高速公路的出口,对面是一栋栋高楼,视线都被紧紧地挡住了,除了来来往往的车流,和想看的风景咫尺天涯。抬眼是空旷的天,俯瞰是如蚁的车,放眼又尽是毫无表情的墙,于是很少向外看了。这一日,阳光和煦,和女儿沐着阳光去河边看看风景。

已经是四月末了,自己住的这个小城依旧是乍暖还寒。我们信步来到华藏滨河公园。滨河公园,有名尚未有实,仅有一泓水环一长柳的草甸,四周白杨和柳混生的林子里散落着几个简易帐篷。如同很多不成熟的旅游景点一样,帐篷的上方飘着花花绿绿的小彩旗。我经常想这篷立的、这旗飘得不合我心,与我想要看见的景致有些远了。

近处的庄浪河仍旧是枯水期,弯弯曲曲地流着细细的几缕水,像是有些不大情愿的疲惫,又像是饱经沧桑人的老人们皱纹里流淌着的浊泪。草甸上的柳和四周的柳一样,依然是光秃秃的衰干败叶,如同自己这几日来早至的中年人的心情。

随着女儿的惊呼,也惊奇地发现,竟有淡淡的、浅绿的烟云笼在柳树上面,像笼了一层薄纱。真有"青青一树烟"的味啊。仔细探寻,竟是柳枝要萌出新蕾了,深褐中泛点微黄,若刚要出壳的小鸭儿。柳枝是报春的信者。看来,我们的春天来了!

柳就是春天的燕子。贺知章脍炙人口的《咏柳》云:碧玉妆成一树高，万条垂下绿丝绦。不知细叶谁裁出，二月春风似剪刀。"草长莺飞二月天，拂堤杨柳醉春烟"。柳树最美丽的时候，当是最俏丽的二月，千条万条碧丝挂在天空下，妩媚多姿，摇摇曳曳。"漏泄春光是柳条"。看来杜老先生不光是忧国忧民愁天下了，也是个自然界的钟情者了。否则，怎一个用一个"泻"字，就让"春到柳先翠"的感觉来得这样熨帖呢？欣喜之外，也有些怅然。小时候奶奶爱说"五九、六九隔河观柳"的农谚，说的也是柳绿时节。其实若要我居住的这个小城也垂落千条万条的绿丝绦来，恐怕也快五月上旬了。不得不抱怨，这造化真是不公了。

华藏寺镇，是个高原上的小县城，城名取城内藏传佛教寺院华藏寺寺名。因为县城迁址不久，只有二十年的历史。四季的界限有些模糊，外表轮廓略显得粗犷。多大雪，多风沙，过于寒冷等细节，在外人的眼中绘上了大大咧咧、粗粗拉拉的线条。街道两旁栽植了很多松树，或许，松树的喜阴耐旱耐寒和高大挺拔硬朗更能代表高原小城的性格吧。其实，若心稍微细致些，信步任何一个河堤溪畔，你见得最多的还是柳。或许，柳文弱的外表容易让人忽略了它原本具有的韧劲和耐性等等诸如此类的品格吧，就像外表纤弱的女人，实际的耐力是超过了外表雄强的男人。看来，有时眼睛也会给人错觉的。但我心里更喜欢植的是柳，因为北方多风多沙多了些粗犷，少雨少水少了些细致，觉得柳树，更符合人们粗中有细的心思和向往温润和谐的味道。

总觉得柳与别的树很不一样，树干有高有矮，有粗有细，枝条很繁茂，很柔韧。有的争着长，跟着太阳，像劲挺的壮士，一片豪情；有的含胸俯首，似有夫子之谦逊；有的袅婷婀娜，

如女子长袖曼舞；有的长发飘逸，若有隐士的仙风道骨。那上了年岁的柳，更如一个沉默的智者，带你去沉思。柳树的美可以用轻、静、温和来形容，美丽得恰如其分。风和日丽时，它柔软的枝条婆婆娑娑、摇摇曳曳，似翩翩起舞的婀娜少女，若莲步款款的大宋仕女，更如伯牙弹给子期的高山流水，让人浮想连绵，又让人宁静泊然，在行云流水中慢慢思考生命，感悟生活。有雨有风时，它坚韧的枝条左拂右拨，情绪激昂喷涌，犹如嵇康的绝调《广陵散》，给人绝望般的呐喊和撼人的力量。

　　因为喜欢柳，我查过柳的一些资料：柳树是最常见的一种树，属于落叶乔木或灌木，属于杨柳科类，品种繁多，据知已有三千多种，遍布世界各地。我国的柳树品种也达二百五十余种，尤以垂柳、河柳、旱柳、杞柳、黄花柳和长叶柳居多。柳木材轻软，纹理通直，韧性较强，易供建筑、制作家具及造纸等用；枝条柔韧，可编织柳篮、柳筐等日用工艺用品；柳枝、柳叶可作饲料，亦可入药。对植物学基本知识掌握的少之又少，我权妄定这儿的柳多属河柳吧。

　　就柳树本身而言，它是一种极普通的植物。然而，在一定意义上，它又是不寻常的。在时间的次序上，它与春天有关，是早春的证明。在这个高原的小城，它是初夏捎来的口信；在物态的寓意上，又与爱情有关，与人有关，它是离愁别绪，它是风情万种的女子。心想，一定没有哪种树，能和柳一样，负载了这么多！

　　看见柳，我不由得想起陶渊明，少有"猛志逸四海，骞翮思远翥"，而上了年纪，却辞官归里，"榆柳荫后檐，桃李罗堂前"，过着"陶令日日醉，不知五柳春"的躬耕自资生活，如此安贫乐道与崇尚自然的高洁者嗜菊如命，又以"五柳"自号，想必也是极爱柳的。心底喜欢上谢老的画作，也缘起于对先生"稚柳"之名的喜爱。初见二字，心里立刻有了一种相通的亲和感，在此，爱画的我，借写柳向谢老表达敬爱之意。喜欢上"家家会点染，户户善丹青"杨柳青镇的年画，也是先喜欢上它与"桃花坞"一样诗意的名字的，光听听名字想想都是美丽的。我们无法拒绝美，所有美丽的东西都会让人神往。杨柳青、桃花坞，仅名字就透出清雅与美艳两种美丽的极致，让我久久向往。

信手翻阅画册，多与柳不期而遇。《清明上河图》中一片片柳林泛着嫩绿。是大地回春，还是大宋王朝一派清明？学过通史的我，坚定地相信这是一语双关，弦外有音。清明的春天一定是人们心中永远的期待。喜欢齐白石的《风柳》《柳牛图》中运用凝重精致的线条间杂以飞白笔意表现柳枝的飘逸和灵动，也喜欢李可染《柳塘闲话》以沉郁黑色的基调，和极富立体感线条传达柳的坚韧和力量，当然我更喜欢吴冠中《柳塘双牛》《残荷新柳》中呈现的柳的清新和葳蕤。以柳为画的题材，也是中国文人永远无法释怀的情结。大家就是大家，能以恰当的方式表述自己的情怀。也渴望也能用自己的方式，表达对柳别样的情怀。

人人都说，草木无情。实则草木是有灵性的。《诗经.小采薇》"昔我往矣，杨柳依依"，说的是离愁别绪，也许自此，柳便被人赋予了爱的情绪和愁的滋味。自古有插柳游春、折柳赠别、赠柳示爱的习俗。"有心栽花花不发，无心插柳柳成荫"，有什么能比柳更生机勃勃呢？"清明不带柳，红颜成皓首"，想必柳的确能给人以新生希望。柳不择地而生，南北均有柳，无论身处何地都能枝繁叶茂。也许"柳""留"谐音，折柳相留，

表达的是无言之大爱。"渭城朝雨浥轻尘,客舍青青柳色新;劝君更尽一杯酒,西出阳关无故人",此中绝版的情谊,千秋不衰。柳枝婆娑袅娜,万缕柔丝,被视为绵绵爱情的象征。柳本无意,柳却有情。人与物之间,存在着一种暗合的玄机,自始至终是相依相生的。

读《词典史》和唐诗宋词,关于柳的诗词比比皆是,但多与离情别绪、钟情痴爱和忧郁女子有关。凡柳词,多低沉,多迷情。经常感动于其中的一缕情,一丝哀,一分凄美。但自己更多的是惆怅,惆怅是一份遥远的陌生。古诗古词里的情缘之美丽,是处在通信发达的今天的人们无法抵达和体会的。一别千里,一别千日,甚至一别永诀之时,无以为赠,只能折柳示情的故事是最迷人的,也是让人荡气回肠的。想起他们折柳相赠的真挚,是那么的朴素和无与伦比的浪漫。我们不得不承认,现代人的诗情画意,已经被车水马龙的喧哗、被电脑电话的快捷代替了。今天的快餐爱情,已经无法有柳情柳意的诗情画意了。那是绝版的友情,也是经典爱情的绝唱,让我如此痴迷依恋或绝望,甚至渴望做一个伊人,在水一方等候一次折柳相赠的爱情。

隐士林和靖是梅痴鹤迷,我曾经无法真正理解其"梅妻鹤子"的境界,一度当其虚妄。现在,我突然也想拥有柳的气质——能表达春天的生机和活力,又兼得女子的柔情似水和妩媚雅致。说来,可能贪了——清代张问陶用冶红妖笔形容柳树。看来,享有美丽,包括声誉是要承担一些另外的分量的。有时,甚至冲动地想,作为凡人的自己,也能否以"一柳居士"相称呢?或者,有一天能拥有一个僻静的小院,植四五棵柳?哪怕仅有一棵也好。

其实，柳树像竹子一样，是集柔韧和妩媚于一身的。如果以柳比喻女子，也是恰当不过的。柳枝的柔软、飘逸，却很有韧劲，女人的温顺、和美，吃苦耐劳，二者之间自是有许多相通的。家乡的柳少婀娜多姿的垂柳，多那种普通的河柳，河柳枝条比较短，也就少了些许的柔弱，缺了些柔，缺了些媚，而多了些粗壮，多了些劲道。那是些很普通的柳树，树干粗糙，树皮沧桑，在阳光风雨中默默生长着。但是所有的枝条执着地向上生长着，不像垂柳那样柔弱缠绵，甚至低眉顺眼。所有的树冠就像一把把撑开的伞，似乎在力图要遮风挡雨。它的生命力极强，一条柳枝截成几段插在土里，几天便活了，就是把树冠截去也能从树桩上长出新的枝叶。树和人一样，是有贵贱之分的，是有名分的。

但老家的柳，就像是没走出过山门的女人，是没名没分的。小时候，妈妈说，村里的女人就是村庄小河边上的老柳，随时随地就悄悄地活着。那时，我不懂。今天，想起来老家小河边兀立的那棵棵柳树，就像奶奶、妈妈，就像没有走出过村子的所有女人们，默默无闻地用最柔弱的肩膀托撑最艰难的生活，一天天地变得衰老，变得粗糙。我也常常想起村庄里三十就守寡、又收养了两个孤儿的王家婶婶，她曾经给过我三颗没了纸皮的水果糖，甜过一段童年的时光，不知现在她老人家还好不好。

心里不认同自古以柳喻邀宠取媚的奸佞之徒，以柳喻风流韵致的梦中情人，以柳喻易逝年华的人生感慨等等比喻，更不喜欢以弱柳来形容和指代女子，当然也不会以"做高山上的青松，不做河边柳树"为训诫的，觉得这些对柳是多少有一些偏颇和不公道的。

做人就如做一棵树，不一定非得成为栋梁。是一株植物不一定非得开花，非得结果。就如柳，虽然没有春华秋实，但它依然能顽强认真地完成它的生命过程，能说它不可爱可敬吗？

其实，若能在天地间做一株柳，有着最低最少的欲求，随遇而安，随时随地自由生存，也由此而过着最单纯最自我的生活，也许是另一种大气和从容吧。

"以铜为镜，可以正衣冠；以古为镜，可以知兴替；以人为镜，可以明得失。"那么，今天，我们要以柳为鉴，好好地活着。也给自己的孩子说，天下的女人就如天下的柳一样，有着柳样的美丽、柳样的坚韧和柳样的情意。心里敬爱所有坚韧而温婉的女性，也热爱所有的柳。

许诺女儿，端阳节一定为女儿做个柳叶编的帽子，拧一个脆响的柳笛，临着清清的河水，聆听声声鸟鸣，看看那青青的柳枝。实际上，也是给自己一个承诺——想必，滨河公园的柳，一定是枝叶婆娑，婀娜娉婷了。想必，会有满城的柳，都以摇曳的风情，用柔软的内力，抵达人们的心灵，消抵钢筋水泥的生硬和车流人声的喧哗。